KLARA

DIRK BERNEMANN
JÖRKK MECHENBIER
JAN OFF

KLARA

ROMAN

ventil

DIRK BERNEMANN wurde als Bauernsohn im Münsterland geboren, lebt jetzt als Hipster in Berlin. Literatur, meint der Sozialphilosoph, solle man nicht in die Hände halbbesoffener Ereignistheoretiker legen. Trinkt Weißweinschorle bei Lesungen, ist aber sonst angenehm.

JÖRKK MECHENBIER wurde 1977 im Saarland geboren. Weil Fußball ihm egal ist, hängt er meistens mit Musikern rum und gibt bei der Post-Punk-Band LOVE A und beim Punk-Schlager Duo SCHRENG SCHRENG & LA LA den Klassenkasper.

JAN OFF lebt in Hamburg. Obwohl von Tag zu Tag mehr von der Sinnlosigkeit menschlichen Handelns überzeugt, gilt: Kein Buch mehr zu schreiben, ist auch keine Lösung. Wenn du schon mit 180 Sachen auf einen Brückenpfeiler zusteuerst, sollte wenigstens der Soundtrack stimmen.

1. Auflage Mai 2018
ISBN 978-3-95575-095-4

Layout und Satz: Oliver Schmitt
Cover unter Verwendung
einer Illustration von Liú Quara
Druck: Buchdruck Zentrum

Ventil Verlag, Boppstr. 25, 55118 Mainz
www.ventil-verlag.de

JAN OFF

KURT COBAINS WAHRE LIEBE

I.

Mein Geist ist so leer wie die Essener Fußgängerzone an einem gewöhnlichen Mittwochvormittag. Einzig ein paar Informationsbröckchen aus dem Bereich der unmittelbaren Wahrnehmung schwappen an seinem Rand herum. Ein beglückender Zustand. Ein Zustand, den ich schon monatelang nicht mehr habe erleben dürfen. Aber der Reihe nach.

»Tu mir weh«, hatte Klara gesagt, kurz nachdem ich in sie eingedrungen war.

Und ich tat ihr weh. Natürlich nur so, wie man eben jemandem wehtut, der Lust gern mit Schmerz und der eigenen Erniedrigung vermischt. Sie weinte ein bisschen, nachdem sie gekommen war. Aber es war kein trauriges Weinen. Und damit stand fest, dass wir zusammenbleiben würden. Jedenfalls für mich.

Klara dagegen begann gleich am nächsten Tag ein intensives Verhör, das meine Absichten weitaus detaillierter auszuloten gedachte.

Wir waren auf den Garagenkomplex hinter meinem Haus geklettert, saßen auf dem Flachdach und fingen die Strahlen einer käsegesichtigen Maisonne ein. Seit dem Aufwachen war noch keine halbe Stunde vergangen.

»Hast du eine Freundin? Wenn du eine Freundin hast, kannst du's gleich vergessen. Ich habe keine Lust, mich einmal die Woche von dir ficken zu lassen und ansonsten keine Rolle in deinem Leben zu spielen. Ich bin keine Mätresse. Ich will eine Beziehung. Kannst du dir eine Beziehung mit mir vorstellen? Kannst du dir vorstellen, mit mir zusammenzuziehen? Also optional?«

Ich blinzelte sie an und lächelte dabei. Obwohl ich genau verstand, was sie sagte, weigerte sich mein Gehirn, das Gehörte in greifbare Bilder umzuwandeln. Und warum hätte es das auch tun sollen? Klara war schön, brutal schön, und das, obwohl sie eine dieser riesigen Sonnenbrillen trug, die selbst Filmstars oder Supermodels in Schmeißfliegen zu verwandeln vermochten. Ihre Nase war die eines Püppchens, ihr Kinn gehörte einer knallharten, erfolgsverwöhnten Geschäftsfrau, ihre Lippen versprachen nichts als Sinnlichkeit. Und diese Mischung war es einfach.

Kennengelernt hatten wir uns nach einer meiner Lesungen. Sie hatte sich ein Buch gekauft und auf meine Frage, ob ich ihr eine Widmung hineinschreiben solle, geantwortet, dass das nicht nötig wäre. So toll sei der Auftritt nun auch nicht gewesen.

»Gut, dann kaufe ich das Buch wieder zurück. Und du schreibst *mir* was rein«, konterte ich, »und zwar deine Telefonnummer.«

Sie sah mich kurz an, schien wie ein Pokerspieler abzuwägen, ob Mitgehen oder Passen die bessere Option wäre.

Dann sagte sie: »Okay, aber du zahlst mir das Doppelte.«

Ich drückte ihr Geld, Roman und Kuli in die Hand. Sie nahm sich einen Stehtisch als Unterlage und ließ den Stift übers Papier fliegen.

Als ich das Buch wieder in den Händen hielt, stand auf der Innenseite tatsächlich eine Handynummer. Und neben der Nummer ein Name: Klara.

Angelina oder Anastasia hätten besser zur ihr gepasst. Klara klang zu brav, nach Klavierunterricht und im Schoß gefalteten Händen. Aber der Name löste auch andere Assoziationen aus: kaltes, klares Wasser; klare Sicht; klarer Verstand.

Klara verstand klarer Verstand wiederholte mein Gehirn unentwegt auf dem Heimweg. Gut möglich, dass sich währenddessen ein Lächeln auf meinem Gesicht zeigte.

Natürlich bestand die Möglichkeit, dass die Telefonnummer bloß eine ausgedachte war. Aber Klara hatte nicht den Eindruck erweckt, als hätte sie derartige Mätzchen nötig. Und so war ich, als ich zwei Tage später anrief, nicht überrascht, dass es wirklich ihre Stimme war, die ich vernahm.

Ich schlug vor, sie zum Essen auszuführen, und sie sagte ja.

»Irgendwelche Vorlieben?«, fragte ich.

»Sushi. Unbedingt Sushi«, kam es prompt zurück.

»Gut. Dann Sushi. Übermorgen?«

»Übermorgen plus sieben Tage. Ich will, dass du ausreichend Zeit hast, dir Gedanken zu machen.«

»Darüber, wo genau wir hingehen werden?«

»Nein, darüber, ob ich ein Höschen unterm Kleid tragen werde und ob meine Fotze rasiert sein wird. Solche Dinge.«

Sie sagte wirklich *Fotze* und damit machte sie mich völlig schwach. Ich meine, welches Mädchen redet schon so mit dir, *bevor* du sie gefickt hast? Und ja, ich musste wirklich darüber nachdenken, wie sie wohl nackt aussah. Aber nicht nur darüber. Mich beschäftigten auch banalere Fragen, zum Beispiel, mit welchem Restaurant ich sie am meisten beeindrucken konnte, oder wie ich mich kleiden sollte. Und, ich gebe es zu: Natürlich sann ich auch darüber nach, ob ich meinen eigenen Schambereich gründlich rasieren sollte. Der übliche abgeschmackte Wahnsinn eben, wenn der monochromen Sickergrube namens Menschheit plötzlich ein Geschöpf entstiegen ist, dessen Einzigartigkeit du nicht leugnen kannst. Ich entschied mich schließlich für ein Running-Sushi in Uni-Nähe, nicht zu schick, nicht zu ranzig.

Klara kam pünktlich. Und zwar auf die Sekunde. Ich hatte damit nicht gerechnet, ja, fand das Manöver in Bezug auf das, was ich von ihr erwartet hatte, regelrecht irreal, als würde ein Pickup-Artist in einem autonomen Zentrum referieren.

Ich reagierte entsprechend perplex, setzte, als sie da mit einem Mal vor mir stand, meine Flasche Tsingtao so heftig auf die Tischplatte, dass ein Schwall Schaum herausschoss. Das Bild hatte etwas von vorzeitigem Samenerguss. Jedenfalls war es das erste, woran ich denken musste, während ich die Flasche ein Stück anhob und die kleine Lache vor mir unbeholfen mit den Fingern verrieb.

Klara lächelte amüsiert. Mein Lächeln wird eher verkniffen gewirkt haben. Auch danach wollte meine Anspannung nicht weichen.

»Und? Gefällt's dir?«, fragte ich wie ein Anfänger, nachdem wir der Bedienung unseren Wunsch übermittelt hatten, von der angebotenen Flatrate zu profitieren.

»Das spielt keine Rolle. Es ist egal, wohin ein Mann dich ausführt. Hauptsache, er trifft überhaupt eine Entscheidung«, sagte Klara, »nichts ist schlimmer als nervige Diskussionen zum Thema *wo gehen wir hin.*«

Ich wollte ihr gerade antworten, wollte charmant-witzig darauf hinweisen, dass ihre Aussage nicht unbedingt den letzten Stand der Emanzipation abbildete, als sie etwas tat, was mich erneut die Fassung verlieren ließ.

»Hey, was machst du da?«, fragte ich. Dabei sah ich genau, was sie tat. Sie nahm den Belag von einem Thunfisch-Nigiri, den das Laufband gerade an uns vorbeitransportierte, schob sich den Happen genüsslich in den Mund und ließ den Teller mit dem nun nackten Reisklumpen einfach weiterfahren.

»Shit. Die werden das merken.«

»Ja, das werden sie. Aber sie werden nicht wissen, wer der Dieb gewesen ist.« Klara lachte auf. In ihren Augen lag eine Mischung aus Übermut und sanfter Herablassung.

Meine Befürchtung, dass sie das Manöver im Lauf des Abends wiederholen würde, bewahrheitete sich zwar nicht, meinem Appetit half das jedoch nur bedingt auf die Sprünge. Ich ließ die meisten der kulinarischen Köstlichkeiten an mir vorüberziehen und griff stattdessen zum Bier. Dies fiel mir umso leichter, als Klara ebenfalls reichlich trank, und zwar Bier *und* Sake, ohne dabei allerdings aufs Essen zu verzichten. Es dauerte nicht lange, und die Zahl der Teller, die sich auf ihrer Seite stapelten, überragte die meinige ums Doppelte.

Obwohl ihre Finger ständig in Bewegung waren, ihr Mund ständig kauen und schlucken musste, hatte sie noch die Muße mich auszufragen.

»Ich hoffe, du bist kein Veganer.«

»Nein«, antwortete ich wahrheitsgemäß.

»Glück für dich. Ich stehe auf Hackfleisch. Wenn du mir also mal Frühstück ans Bett bringen willst, reicht 'ne Lasagne oder ein Teller Spaghetti Bolognese. Und Kaffee natürlich. Viel Kaffee. Schwarz ohne Zucker.«

Ich war nicht sicher, ob sie sich über mich lustig machte oder mich auf die Probe stellen wollte. Das Blitzen in ihren Pupillen war genauso wenig zu deuten, wie das feine Spiel ihrer Mundwinkel. Ich versuchte mich meinerseits an einem feinsinnigen Grinsen und beschloss, mich unter keinen Umständen aus der Reserve locken zu lassen.

Sie wechselte derweil das Thema und wieder gelang es ihr, mich zu überraschen: »Wie sieht's mit Schallplatten aus? Magst du Schallplatten? Ich habe sicher an die dreitausend.«

»Vinyl? Unbedingt«, sagte ich, wohlwissend, dass mein Schallplattenspieler schon seit Jahren kaputt und meine Plattensammlung im selben Zeitraum nicht mehr erkennbar gewachsen war.

Klara gab sich mit meiner knappen Antwort zufrieden und kam unvermittelt auf Haustiere zu sprechen.

»Ich habe zwei Katzen. Was magst du lieber? Katzen oder Hunde?«

»Ich glaube, ich mag beides.«

»Der klassische Feigling.« Sie sah mich herausfordernd an.

Ich konnte es kaum erwarten, endlich mit ihr allein zu sein. Nach allem, was sich bisher zwischen uns abgespielt hatte, war es völlig ausgeschlossen, dass wir in dieser Nacht nicht miteinander vögeln würden. Und so sagte sie denn auch, kaum dass ich die Rechnung beglichen hatte: »Komm, wir gehen zu dir. Ich will mir ansehen, wie du lebst.«

Ich hatte keine Einwände.

In meiner Wohnung war alles ganz einfach. Wir saßen uns auf der zwei mal zwei Meter großen Matratze gegenüber, die mir als Bett diente (eine Couch oder Sessel besaß ich nicht), tranken Dosenbier und rauchten. Klara stellte zwei, drei kluge Fragen zu meinen Büchern, die ich zu beantworten versuchte, ohne mir anmerken zu lassen, wie sehr mir ihr Interesse schmeichelte. Und dann waren wir plötzlich halbnackt und Klara hatte meinen Schwanz in der Hand, während meine Finger von ihrem Bauch und ihren Brüsten Besitz nahmen, ein leicht gewölbter Bauch, die Brüste schwer, mit großen, hellbraunen Brustwarzenvorhöfen und kleinen, harten Nippeln.

Die Momente davor hat mein Gedächtnis verschluckt. Hatten wir uns geküsst? Hatte einer von uns etwas gesagt, das der andere als Aufforderung verstanden haben mochte? So sehr ich mich auch bemühe, ich finde kein Bild. Vielleicht weil die, die ich gespeichert habe, zu magisch sind. Klaras traumschönes Gesicht; ihre langen Haare, die sie an diesem Tag zu einem Zopf geflochten hatte; ihr einladendes Lächeln. Und über alldem lag keine Angst. All die Fragen, die sonst gern auftauchen – Wird er dir stehen? Wirst du es ihr ausreichend besorgen? Wird sie sich fallenlassen? – nichts davon klopfte diesmal an die Pforten meines Bewusstseins. Es war, als hätten wir schon zigmal miteinander gefickt, und gleichzeitig war es fremd und aufregend.

Schließlich dieses herausfordernde *tu mir weh*, kurz nachdem ich ihr meinen Schwanz reingeschoben hatte. Ich hielt einen Moment inne, sagte: »Das kann ich nicht.« Und tat es dann doch.

Natürlich war ihr Körper zur Gänze rasiert.

Am nächsten Tag auf dem Dach der Garage sah ich mich außerstande, irgendetwas zu bereuen. Klara dagegen wirkte reichlich unentspannt. Was erzählte sie da von Beziehungen, von Freundinnen? Was hieß *optional* im Zusammenhang mit dem Begriff *zusammenziehen*? Warum redete sie überhaupt so viel? Ich entschied, nicht allzu viel darauf zu geben. Sicher nur ein Machtspiel, eine Diven-Nummer. Wir waren uns in der Nacht so nahegekommen, unvorstellbar, dass Klara ein Wiedersehen davon abhängig machen würde, ob und wie ich ihren Fragenkatalog der Marke *Bravo Girl* beantwortete. Also lächelte ich und blinzelte schweigend.

Aber das genügte ihr nicht. Sie ließ nicht locker, nervte mich so lange, bis ich an einer Antwort nicht länger vorbeikam. In der Absicht, ihr eine Lektion zu erteilen, beschloss ich, mich unnahbar zu geben.

»Hör zu«, begann ich also, so lässig wie möglich, »ich habe keine Freundin. Und ich verspüre keinerlei Lust, in absehbarer Zeit etwas an diesem Zustand zu ändern. Da ist das Schreiben, mein Interesse an Politik, an *praktischer* Politik, Demos und so, du weißt schon, da sind meine Freunde, der Sport, das Nachtleben und und und.«

»Okay, das war deutlich«, sagte Klara und schnippte ihre halbgerauchte Kippe in den Hof. Dann schwang sie ihre Beine über die Dachkante, ließ sich nach unten gleiten, und weg war sie.

Ich wartete, versuchte mich mit dem Gedanken zu trösten, dass es immer besser ist, etwas nicht beginnen zu lassen, das mit hoher Wahrscheinlichkeit kein Happy End besitzt. Und welche Liebesgeschichte endet nicht traurig, so nicht beide gleichzeitig vom selben Wolkenkratzer springen oder unter einen Tanklastzug geraten? Aber der Trick funktionierte nicht. Denn es hatte schon begonnen.

Die Tage dehnten sich zu Traueransprachen, zu Heimaufenthalten, zu Ozeanüberquerungen.

Und genau das ich schrieb ich Klara dann auch. In einer Kurznachricht. Nachdem ich mich fünf Nächte lang mit zuckendem Schwanz, klopfendem Herzen und einem Denkapparat, der einem Reaktor kurz vor der Kernschmelze glich, von einer Seite auf die andere geworfen hatte: »Die Tage dehnen sich zu Traueransprachen, zu Heimaufenthalten, zu Ozeanüberquerungen. Komm her.«

Lehrbuchartig ließ sie mich eine weitere Nacht warten, ließ meine Nervenenden bei jedem Lebenszeichen meines Handys in Lava baden, dann tauchte ihr Name endlich auf dem Display auf.

»Heute Abend. Um neun bei dir. Du besorgst Wein und Jägermeister.«

Da sie nicht geschrieben hatte, was für Wein, besorgte ich roten und weißen. Dazu die größte Flasche Jägermeister (0,7 Liter), die der Supermarkt zu bieten hatte.

Wie bei unserem letzten Treffen war sie auf die Minute pünktlich. Sie trug eine grüne Lederjacke; einen Rock, der so kurz war, dass er sie in Riad oder Doha umgehend ins Gefängnis gebracht hätte; dazu Schuhe mit Keilabsätzen. Als sie mich zur Begrüßung auf die Wange küsste, musste sie sich kaum recken. Was ihren Slip anging, tippte ich auf so ein dünnes Fähnchen, wie sie es beim ersten Mal getragen hatte. Und ich sollte Recht behalten. Der String, den sie mir alsbald präsentierte, hätte knapper nicht sein können.

Wir tranken und rauchten, und vögelten zwischendurch. Damit meine Lust nicht erlahmte, achtete ich peinlich darauf, nicht zu kommen. Jedes Mal, wenn ich kurz davor war, erbat ich eine Pause. Gespräche gab es diesmal kaum, jedenfalls keine, die ernste Themen zum Inhalt gehabt hätten. Dafür wurde beim Sex viel geredet. Je häufiger wir es miteinander trieben, desto stärker beschlich mich der Eindruck, dass Klara sich am Klang meiner Stimme berauschte. Je mehr ich redete, desto schneller ging ihr Atem, je schneller ihr Atem ging, desto mehr wollte sie mich reden hören. Aber es war nicht nur die Stimme allein, es waren vor allem die Geschichten aus meiner Vergangenheit, die Klara merkbar geil werden ließen. Sicher auch, weil das, was ich von mir gab, ihrer Eitelkeit schmeichelte.

Angefangen hatte sie damit.

»Erzähl mir von der hässlichsten Frau, die du je gefickt hast«, hatte sie unvermittelt gefordert.

Ich ließ mich nicht lange bitten und warf den erstbesten Namen ins Rennen, den ich mit der Liste *Sexualkontakte, für die deine Freunde dich ausgelacht hätten (oder haben)* in Verbindung brachte. Natürlich übertrieb ich ein bisschen, als ich das Äußere der Frau beschrieb, ließ sie altern und aufquellen und dreihundert Mitesser mehr bekommen. Und ich übertrieb auch, als ich Klaras zweite Frage beantwortete, die sich der ersten zwangsläufig anschloss: »Und was hast du mit ihr gemacht? Erzähl mir alles, ganz genau.«

Ich trug deshalb etwas dicker auf, weil ich schnell merkte, dass Klaras Erregtheit besonders von den Stellen befeuert wurde, die nicht unbedingt unter die Kategorie sanfte Erotik fielen. Je weniger nett ich mich in meinen Erzählungen gab, desto größer wurde Klaras Bereitschaft, sich weniger nett behandeln zu lassen.

Im Laufe der Nacht griff ich immer stärker auf meine Fantasie zurück. Zum einen war es so deutlich leichter, Klaras Erwartungen zu bedienen, zum anderen gaben meine Erinnerungen irgendwann schlicht nichts mehr her.

Aber auch meine Fantasie, besser: meine Lust, dieselbe zu bemühen, ließ schließlich nach. Klara wollte das jedoch nicht gelten lassen.

»Komm, bitte. Bitte eine noch«, bettelte sie, wie ein Kind, das nach jeder Gutenachtgeschichte eine weitere hören möchte. Ihre Augen groß wie die eines Streichelzoobewohners.

Dieses naiv Unschuldige stand natürlich im krassen Gegensatz zu dem, was wir taten, war damit aber gleichzeitig auch wieder Antriebskraft unserer Triebhaftigkeit.

Ich gab ihrem Drängen nach, bis das Zusammenspiel von Hirn und Zunge wirklich gar nichts mehr hergeben wollte, bis ich mich fühlte wie ein Barpianist auf Heroin, der immer wieder dieselben drei Töne anschlägt. Aber mein Einsatz hatte sich gelohnt. Klara war glücklich.

»Für mich beim nächsten Mal bitte nur Rotwein«, sagte sie, obwohl sie, nachdem wir den Roten geleert hatten, nicht hatte erkennen lassen, dass sie den Weißen nicht mochte. Dann lächelte sie, seufzte genüsslich und schloss die Augen.

Schon am nächsten Abend war es mit der guten Stimmung allerdings wieder vorbei. Auslöser war die Bedienung des Ladens, in dem wir uns getroffen hatten, eine burschikose, etwas herbe Mittvierzigerin, irgendwo zwischen ganz schön schlau und Guns N' Roses.

Dass etwas nicht stimmte, merkte ich allerdings erst, als wir im Taxi saßen. Die Zeitspanne davor, wir mochten etwa zweieinhalb bis drei Stunden in der schlechtbeleuchteten Kellerbar verbracht haben, hätte ich ohne zu zögern als harmonisch bezeichnet. Weder hatten wir uns von dem viel zu lauten Elektropunk stören lassen, noch von der hohen Dichte an Menschen, die so wirkten, als wären Tinder, Grindr und Co. einzig erfunden worden, um die Welt an ihrem guten Aussehen und ihrem exquisiten Geschmack teilhaben zu lassen.

Wir hatten pausenlos aneinander herumgefummelt und uns abgefüllt, Klara mit Jägermeister, Mexikaner und Wein, ich mit Tequila Sunrise und Bier. Nun wollten wir zu mir, um das Programm der letzten Nacht zu wiederholen. Klara hatte kurz nach dem Einsteigen noch daran erinnert, dass wir Zigaretten brauchten, also vielleicht eine Tankstelle ansteuern sollten. Umso überraschter war ich, als sie plötzlich sagte: »Du hast sie angebaggert, du Scheißtyp.«

Ich drehte mich um und erwartete ein Lächeln auf ihrem Gesicht, dachte, sie würde scherzen. Aber da war kein Lächeln. Da waren nur Wut und Schmerz. Die Miene versteinert, der Blick ein glühendes Brandeisen.

»Wen angebaggert? Und was heißt das überhaupt *angebaggert*?«, empörte ich mich. »Das Wort ist schon völlig bescheuert.«

Da ich, von Klara abgesehen, den ganzen Abend über mit nur einer Frau gesprochen hatte, war nicht schwer zu erahnen, um wen es ging: die tätowierte Tresenkraft aus der Ü40-Liga. Zu der war ich, weil gutgelaunt, ausnehmend charmant gewesen. Und auch das Trinkgeld war nicht gerade knapp ausgefallen. Es existierte in meiner Erinnerung aber nichts, was auch nur ansatzweise unter die Rubrik Flirtversuch gefallen wäre. Warum auch, wo ich doch in der Begleitung einer Königin unterwegs war? Ich war deshalb sehr gespannt, was Klara mir konkret vorwerfen würde, und – da es eben nichts gab, was zum Vorwurf getaugt hätte – auch meinerseits bereits wütend.

Aber Klara wurde nicht konkret. Klara schwieg. Und als das Taxi vor dem nächsten Rotlicht stoppte, riss sie die Tür auf und lief davon. Ich wollte ihr hinterher, musste aber ja erst noch bezahlen.

»Meine ist auch so«, ließ sich der Fahrer ungefragt vernehmen. »Vierundzwanzig Jahre verheiratet, aber wenn ich 'ne andere nur mal von der Seite anschaue, gibt's gleich Kassandra.«

»Kasalla«, korrigierte ich ihn, während ich mein Portemonnaie aus der Hosentasche friemelte und gleichzeitig aufs Taxameter schielte: 17,20 Euro. Ich drückte meinem neuen Freund und Leidensgefährten einen Zwanziger in die Hand: »Stimmt so.«

Der fühlte sich dadurch nur noch mehr animiert, mich an seinem Eheleben teilhaben zu lassen.

»Vierundzwanzig Jahre. Und verliebt wie am ersten Tag«, brüllte er, bevor ich die Tür von außen zuschlagen konnte.

Es dauerte ein paar Minuten, bis ich Klara gefunden hatte. Sie saß rauchend auf der Eingangstreppe irgendeiner Bildungseinrichtung und starrte auf ihr Smartphone.

Als ich Anstalten machte, mich neben sie zu setzen, sprang sie auf und begann auf mich einzuschlagen. Unkontrolliert und nicht allzu hart, aber auch nicht so, dass ich nicht hätte reagieren müssen.

»Du Wichser! Du blöder, dreckiger Wichser! Ich hab gewusst, dass du's mit mir nicht ernstmeinst«, schrie sie währenddessen.

Ich zog sie an mich, schlang meine Arme um sie und redete beruhigend auf sie ein.

Irgendwann gab sie nach, erschlaffte in meiner Umklammerung, aber auf das, was sie von sich gab, hatte diese körperliche Kapitulation keinerlei Einfluss: »Dass du mir das antun konntest. In meinem ganzen Leben bin ich noch nie so beschämt worden. Wie die Alte mich ausgelacht hat, als wir gegangen sind. Wie eine Hyäne hat die ausgesehen.«

Ich meinte mich zu erinnern, dass die Bedienung uns zum Abschied mit einem fast schon zärtlichen Wohlwollen zugelächelt hatte. Aber das war nicht das einzige Detail, das meinen Verstand zu sprengen drohte. Verdammt, es ging doch um mich selbst, ich war doch den ganzen Abend an meiner Seite gewesen. Wie konnte die Wahrnehmung zweier Menschen, die Wahrnehmung zweier Zeugen desselben Ereignisses derart weit auseinanderliegen? Aber ich wollte, dass wir hier wegkamen. Hatte keine Lust auf weitere Auseinandersetzungen auf der Straße. Nicht, dass am Ende noch irgendwer die Bullen rief. Also riss ich mich zusammen.

Wieder und wieder beteuerte ich meine Unschuld, führte die Logik ins Feld, pries Klaras Reize, während ich umgekehrt proportional das Äußere der Bardame bis an die Grenzen der Glaubwürdigkeit herabwürdigte (der Herr möge mir diese Sünde verzeihen). Schließlich konnte ich Klara zum Weitergehen bewegen. Und als wir kurz vor meiner Wohnung waren, hatte ich sie soweit. In ihrem Blick lag der erste, zarte Ansatz eines Lächelns.

»Du bist ein alternder Playboy«, sagte sie, während sie sich von mir Feuer geben ließ. »Du bist schwanzgesteuert.«

Ich ließ das so stehen.

II.

Ein paar Tage später lud mich Klara zum ersten Mal in ihr Zuhause ein, eine Zwei-Zimmer-Erdgeschosswohnung in der Bernhard-Nocht-Straße. Sie hatte tatsächlich eine riesige Plattensammlung, eher fünf- als dreitausend Stück, darunter hunderte Singles. Aber auch Bücher gab es reichlich, wie ich schnell feststellen durfte, während mich Klara durch die Räume führte. Sie lagerten überall: im Flur, in den Fensterbänken, neben dem Bett. *Auf* dem Bett lagerten zwei Katzen, beide mit sehr kurzem, schwarzem Fell, die eine zierlich, die andere etwas kräftiger.

»Das sind Mickey und Mallory«, sagte Klara.

Ich streckte die Hand aus, um der Zierlichen, die doch nur Mallory sein konnte, über den Kopf zu streichen und erntete ein Fauchen.

Klara lachte.

»Nimm's nicht persönlich. Sie mag prinzipiell keine Intellektuellen.«

Nachdem die Vorstellungsrunde dergestalt vollzogen worden war, gab es Bulletten (angereichert mit kleingeraspelten Gurken und Knoblauch), Bier (für mich), Rotwein (für Klara) und Campari (für uns beide). Bald schon gab es (leider) auch wieder Streit.

Ich hatte mir die dritte Bullette einverleibt und wurde, wie fast immer, wenn jemand etwas Gutes für mich gekocht hat, von einem Mix aus Trägheit und Sentimentalität regiert. Mir selbst gelingt noch nicht mal Rührei. Es kam daher aus tiefstem Herzen, als ich sagte: »Das war geil. Ein fast schon religiöses Erlebnis. Solche Momente finden in meinem Leben viel zu selten statt.«

Klara reagierte auf dieses Kompliment erst seltsam schmallippig. Dann brach es aus ihr heraus: »In deinem Leben? Was heißt denn das, *in deinem Leben*? Gehöre ich nicht dazu? Bin ich nicht deine Freundin?«

Dritten gegenüber hätte ich Klara zu diesem Zeitpunkt sicher nicht so vorgestellt, aber das spielte in dem Moment keine Rolle.

»Natürlich bist du meine Freundin«, versuchte ich sie zu beruhigen.

»Dann behandle mich auch so. Und nicht wie jemanden, den du nach Belieben kommen lassen und wieder wegschicken kannst.«

Nun war es an mir, mich aufzuregen: »Warte mal, die Tatsache, dass wir, äh, zusammen sind, kann doch nicht bedeuten, dass ich kein eigenes Leben mehr habe.«

»Natürlich haben wir beide ein eigenes Leben«, entgegnete Klara, »eins, das wir mit dem anderen *teilen*.«

Die gute Stimmung war erst mal dahin. Ich war perplex, natürlich auch verängstigt, und wütend sowieso. Klara schmollte und rauchte Kette. Im Bett landeten wir trotzdem wieder.

Kurze Zeit später begann das mit den anonymen Briefen. Ob Klara dahintersteckte, habe ich nie herausfinden können. Zu ihr gepasst hätte es. Aber ich greife einmal mehr vor. Vier oder fünf Tage nach unserer Auseinandersetzung erreichte mich jedenfalls ein Schrieb ohne Absender. Der Inhalt ein kopierter Wikipedia-Artikel zum Thema Todsünden. Zwei der sieben für das Laster verantwortlichen Charaktereigenschaften waren mit rotem Filzstift unterstrichen: nämlich Superbia, also Hochmut, und Luxuria, gemeinhin mit Wollust übersetzt. Zuerst dachte ich an einen religiösen Spinner, dem durch Zufall eins meiner Bücher in die Hände gefallen war. Nur: Wo hatte der Irre meine Postadresse her? (Die Spacken, die mir normalerweise zusetzten, zumeist Rechtsradikale, meldeten sich stets über Facebook oder einen ähnlichen Kanal.) Und dann kam mir für eine Millisekunde der Verdacht, dass Klara hinter der Sache stecken könnte. Natürlich verdrängte ich das sofort wieder. Erzählen konnte ich ihr erst recht nicht davon. Was schon bezeichnend ist. Denn normalerweise sprichst du doch mit dem Menschen, der dich gefangen hält, auch und gerade über diese Dinge.

Aber das Übersehen des Wesentlichen ist ja das Wesen der meisten zwischenmenschlichen Beziehungen. Und es lief gut zwischen Klara und mir in den nächsten Wochen (auch und gerade, weil ich die Ahnung, dass ich sehenden Auges ins Verderben lief, konsequent ignorierte). Hätte ich das durch kleinliches Misstrauen kaputtmachen sollen?

Wir trafen uns von nun an fast täglich, unternahmen,

weil der August ungewöhnlich heiß daherkam, nicht selten Ausflüge ins Umland. Klara fuhr, ich griff ihr zwischen die Beine. Sobald sie feucht genug war, hielten wir an und trieben es auf der Motorhaube oder im ausgedörrten Gras. Eine dieser Fahrten führte uns an einem Erdbeerfeld vorbei. Selber pflücken, so viel du willst, und danach den Betrag, den du für angemessen hältst, in eine Metallbox werfen.

»Lass uns welche mitnehmen«, sagte Klara und bog, ohne meine Antwort abzuwarten, in die Auffahrt ein.

Wir füllten einen der bereitgestellten Körbe, wobei die Hälfte dessen, was wir sammelten, bereits in unsere Münder wanderte.

Als wir uns der Bezahlbox näherten, friemelte ich mein Portemonnaie aus der Hosentasche. Klara schenkte mir ein neckisches Lächeln und packte mich am Unterarm.

»Du bist so ein Spießer«, sagte sie und zog mich mit sich.

Anlass für die darauffolgende Meinungsverschiedenheit waren allerdings nicht die unbezahlten Erdbeeren, sondern (unbezahlte) Blumen.

»Ich bekomme für mein Leben gern Blumen geschenkt«, sagte Klara, während sie beschleunigte »vor allem zum Geburtstag. Ein Geburtstag ohne Blumen geht gar nicht.«

»Tja«, entgegnete ich, »ich verschenke schon gern mal Blumen. Aber nie zu Geburtstagen. Einfallsloser geht's ja nicht.«

»Heißt das, dass ich zu meinem nächsten Geburtstag keine Blumen von dir bekomme?«

»Genau.« Ich lächelte vergnügt und schob mir eine besonders dicke Erdbeere zwischen die Lippen.

Im nächsten Moment spürte ich eben diese Erdbeere, ohne auch nur einmal draufgebissen zu haben, schon an der Öffnung zur Speiseröhre. Klara hatte das Steuer derart heftig verrissen, dass mich die Schwerkraft gleichzeitig nach hinten drückte und gegen die Beifahrertür schleuderte.

»Spinnst du?«, schrie ich, nachdem ich die Frucht (die ja in Wahrheit eine Nuss ist) mühsam wieder nach oben gewürgt hatte.

»Wie kannst du behaupten, dass du mich liebst, und derart ignorant sein?«, erwiderte Klara gänzlich unbeeindruckt. »Du bist ein scheiß Psychopath, weißt du das?!«

Ich kannte sie ja nun schon ein bisschen, dennoch überraschten mich diese abrupten Stimmungsumschwünge nach wie vor. Ein Gefühl, als würde sich dir im angenehm leeren Großraumabteil eines ICE plötzlich ein Hells Angel auf den Schoß setzen.

Es brauchte die gesamte Rückfahrt, bis Klara sich wieder halbwegs unter Kontrolle hatte. Ich beschloss unterdessen, sie zu ihrem nächsten Geburtstag mit einem Blumenmeer zu bedenken. Aber das behielt ich wohlweislich für mich.

Auch meine Vergangenheit war oft genug ein Thema, das für Eifersucht und Theater herhalten musste.

Ich saß gerade in der U-Bahn, als mir mein Handy mitteilte, dass eine SMS eingegangen war. Der Absender: Klara.

»Wenn du glaubst, dass du mich ficken und dabei weiter mit deiner Exfreundin rummachen kannst, hast du dich geschnitten, du perverses Arschloch«, las ich.

Ich hatte nicht den Hauch einer Ahnung, was sie meinte. Entsprechend konsterniert fiel meine Antwort aus: »Hey, wovon sprichst du?«

Es brauchte zwanzig weitere Kurznachrichten und einen ganzen Duden an Beschimpfungen ihrerseits, bis herauskam, dass es um folgende »Verfehlung« ging: Ich hatte einen Facebook-Post meiner vorletzten Freundin mit einem Herz versehen.

Nachdem ich den Bus verlassen und mehrfach Klaras Nummer gewählt hatte, waren wir endlich zum direkten Gespräch übergegangen. Ich versuchte, Sanftmut in meine Stimme zu legen, auch wenn ich zugegebenermaßen aufgebracht war: »Hör zu, Postings von Ex-Freundinnen zu liken, ist doch nun echt kein Verbrechen. Im Gegenteil, ist doch schön, wenn sich Menschen gut verstehen, die mal zusammen waren.«

»Du hast ihr ein *Herz* gegeben.«

»Aber ein Herz sagt doch nur, dass dir ein Beitrag richtig gut gefällt, dass du ihn also gewissermaßen von Herzen ...«

Noch bevor ich den Satz vollenden konnte, hatte Klara mich weggedrückt.

So ging das ständig. Und natürlich war mehr als einmal *endgültig Schluss*, hatte Klara mich *abgeschossen* (wie sie das nannte) oder ich meinerseits die Geduld verloren (weil ich mich ungerecht behandelt fühlte). Aber es vergingen nie mehr als achtundvierzig Stunden, bis einer von uns die Stille nicht mehr aushielt und einen ersten zarten Annäherungsversuch unternahm, den der andere dann umgehend und nicht minder sehnsuchtsvoll beantwortete. Bis es dann erneut eskalierte, wobei es sprachlich fast immer bis zum Äußersten ging. Auch ich erwischte mich alsbald dabei, wie mir Sätze à la *fick dich, du Fotze!* mit einer Selbstverständlichkeit über die Lippen gingen, als wäre ich wieder sechzehn und am Abendbrottisch mit zwei erzkonservativen Erziehungsberechtigten konfrontiert.

Obwohl ich Klara schlichtweg für irre, manchmal gar für gefährlich hielt, dachte ich nicht mal im Ansatz daran, sie zu verlassen. Das hatte viele Gründe. Einer davon war ihr Antlitz, an dem ich mich einfach nicht sattsehen konnte. Ungeachtet dessen, dass Sex zwischen uns eine so große Rolle spielte, bestand für mich bei all unseren Treffen das größte Glück darin, sie anzuschauen. Wenn wir uns, jeder eine Kippe in den Fingern, gegenübersaßen und ich ihr perfekt geschminktes Gesicht studierte (ein Gesicht, das sich, gerade weil Klara sich aufs Schminken verstand, immer wieder veränderte) – das war es einfach. Als würde ich einen Hollywoodstar daten. Auch Küssen stand bei mir plötzlich hoch im Kurs. Ganz im Gegensatz zu der Zeit vor Klara. Ich konnte nicht genug davon bekommen, dass sich unsere Lippen und Zungen berührten, je zärtlicher, desto besser, am liebsten während ich sie heftig fickte. Oder danach, wenn

Klara ermattet dalag und die Erlösung langsam über den Schmerz zu triumphieren begann.

Langweilig war es mit ihr nie. Sie war schlagfertig und witzig. Und ich konnte stundenlang mit ihr über alles nur Erdenkliche reden, über Bücher natürlich, über den wandelnden Wahnsinn namens Mensch, über technologische Entwicklungen, über Sex und vieles mehr. Selbst Themen wie Mode wurden im Dialog mit Klara interessant. Nur mit Politik durfte ich ihr nicht kommen.

Wenn ich von irgendwelchen Demoerlebnissen anfing, winkte sie nur müde ab: »Du und deine Freunde mit eurer gutbürgerlichen Revolutionsfolklore. Meine Großeltern waren während der Nazizeit im Widerstand. Die waren echten Gefahren ausgesetzt.«

Fragte ich sie, wo sie sich selbst politisch einordnete, sagte sie Dinge wie: »Ich bin links. Aber ich denke, dass die Linke besser nicht an die Macht kommen sollte. Immer wenn sie an der Macht war, hat sie es vermasselt. Das ist für mich die Lehre aus allen sozialistischen Experimenten seit der Oktoberrevolution.«

Und wenn ich daraufhin von ihr wissen wollte, was sie gegen das Elend dieser Erde zu tun gedachte, antwortete sie gern mit Zitaten: »Weißt du, was Janosch auf die Frage geantwortet hat, wie man sich großen Problemen stellt?«

»Nein.«

»Janosch hat gesagt *Wondrak stellt sich nicht, sondern er legt sich. In eine Wiese mit hohem Gras. Je größer die*

Probleme, desto größer die Chance, dass sie ihn dann übersehen.«

»Wer ist Wondrak? Ein Hobbit aus der Familie der Holzwollehirne?«

Klara verdrehte übertrieben die Augen und verpasste mir einen zärtlichen Knuff gegen den Oberarm.

Am spannendsten war es, wenn wir ausgingen. Und das nicht nur wegen ihrer Eifersucht, die sich blitzschnell an irgendeiner Belanglosigkeit entzünden konnte.

Tanzen war weniger ihr Ding. Meist hingen wir in kleineren Bars ab, belegten, falls möglich, einen Tisch, redeten, rauchten und tranken. Wenn wir geil wurden und die Situation es zuließ, lutschte mir Klara kurz den Schwanz oder ich fingerte sie ein bisschen. Wir waren uns einfach selbst genug.

An einem dieser Abende – ich war gerade zur Bar gegangen, um neue Getränke zu holen – tippte mir ein Typ auf die Schulter, der so aussah, als wäre sogar seine Zahncreme mit Stereoiden versetzt. Etwa meine Größe, aber doppelt so breit.

»Hey, ist das deine Kleine da hinten?« Er zeigte auf Klara, die an unserem Ecktisch zurückgeblieben war und dort das alte Stück »einsame Schönheit zieht versonnen an einer Zigarette« aufführte. Ziemlich sexy, wie ich fand.

Mein Instinkt sagte mir, dass ich die Frage unbedingt verneinen sollte. Und das hätte ich vielleicht auch, wenn mich der Ausdruck *Kleine* nicht so gestört hätte. Klara war nicht klein und selbst wenn ...

Also sagte ich: »Das ist nicht meine Kleine, das ist meine Freundin.«

»Gut«. Der Muskelberg (weißes Shirt, graue Jogginghose, Glatze, Kinnbart, silberne Panzerkette um den Hals) nickte bedächtig mit seinem Nilpferdschädel. Dann zeigte er erneut auf Klara und sagte: »Eigentlich müsste ich der in die Fresse hauen, aber ich schlage keine Weiber.«

Finde ich gut, dass du der Frau, die ich liebe, keine Gewalt antun möchtest, dachte ich noch bei mir, dann hatte ich auch schon in direkter Folge seine beiden Fäuste im Gesicht.

Danach muss ich für einen Moment das Bewusstsein verloren haben, denn das Nächste, was ich sah, war Klaras besorgte Miene über mir.

»Hey, alles okay?«

»Keine Ahnung.« Ich befühlte vorsichtig meine Wangen und spürte Blut an den Fingern.

»Der Feigling hat sich leider sofort verpisst«, sagte Klara erhitzt.

»Was?«

»Er und seine Alte sind sofort abgehauen, nachdem er dich niedergeschlagen hat. Ich hab noch versucht, 'ne Flasche nach ihm zu werfen, aber ich hab ihn verfehlt.«

Während sie mir aufhalf, dankte ich dem Allmächtigen für Klaras mäßige Treffsicherheit. Dann war da auch schon jemand mit einer Packung Taschentücher und ich konnte mir ein bisschen was Rotes aus dem Weißen wischen.

Weniger hilfreich war der Schnösel, der hinter der Theke arbeitete.

»Ihr geht jetzt besser«, befahl er.

»Spinnst du?!«, schrie Klara ihn an. »Mein Freund ist gerade angegriffen worden, und du willst uns rausschmeißen?«

»Du hast 'ne Flasche durch den Laden geworfen, das läuft hier nicht. Wenn ihr nicht verschwindet, ruf ich die Polizei.«

»Ich scheiß auf deinen Laden, du Spast! Du kriegst gleich 'ne Flasche in den Arsch!«, brüllte Klara.

Ich griff nach ihrem Arm und lotste sie nach draußen.

Drei Hauseingänge weiter setzte ich mich auf die Stufen und bat Klara, zwei Bier vom Kiosk zu besorgen.

Als sie zurück war, zündete ich für uns beide je eine Zigarette an.

Klara war noch immer auf hundertachtzig: »*Das läuft hier nicht* – hast du den Penner gehört?« Sie sog hastig den Rauch ein. »Vielleicht sollten wir denen 'nen Gullydeckel durch die Scheibe ...«

Ich versuchte sie abzulenken.

»Wie sehe ich aus?«

»Wie ein Pulled-Pork-Taco mit reichlich Salsa.« Endlich lächelte sie wieder.

»Weißt du, was der Typ eigentlich von mir wollte? Er hat von dir gesprochen.«

»Ich denke, es ging um seine Alte.«

»Aha. Und was war mit der?«

»Na ja, die war mit mir auf der Toilette und wollte das Waschbecken nicht freigeben, hat da ewig mit ihrem Eyeliner rumgemacht. Keine Ahnung wofür, bei der Restpostenfresse. Jedenfalls habe ich der irgendwann 'nen Pferdekuss gegeben. Du weißt schon, so einen Tritt mit dem Knie.«

Ich wusste, was ein Pferdekuss war, und klang deshalb vielleicht ein wenig ungeduldig: »Und weiter?«

»Schrei mich nicht an, okay?«

»Ja, gut. Also?«

»Na, und weil sie dann so nach vorn gekippt ist und ihr Kopf plötzlich vor dem Seifenspender lag, hab ich ihr gleich noch 'ne Spülung verpasst.«

»Du hast was?«

»Ein bisschen den Glanz ihrer Haare aufgefrischt.« Klara strahlte mich an. »Und das hat sie dann wohl ihrem Stecher gesteckt. Blöde Fotze.«

Ich musste nun selber lachen. Hielt aber sogleich wieder inne, als, ausgehend von der Nasenwurzel, ein Sonnenrad aus Schmerz in meiner Fresse explodierte.

»Tut's sehr weh?« Klara beugte sich zu mir herab.

Ich schenkte ihr mein bestes Steve-Irwin-Lächeln.

»Mein armer Junge.« Sie nahm mein zermatschtes Gesicht in beide Hände. Ihr Blick war schuldbewusst, aber dahinter lag noch etwas anderes, gleichzeitig verschmitzt und verheißungsvoll.

In dieser Nacht bekam ich zum ersten Mal ihren Arsch.

III.

Wir wagten uns ziemlich weit vor. Wären wir schon ein paar Jahre zusammengewesen, hätte man meinen können, es wäre uns um das bloße Vertreiben von Langeweile gegangen, um einen Zeit*vertreib*, das Nachspielen von Büchern oder Filmen oder schlimmer noch, um das Umsetzen paartherapeutischer Vorgaben. Aber es war uns ernst. Wir zeigten uns, was wir kannten. Und von dem, was wir nicht kannten, probierten wir allerlei aus. Nur Dritte ließen wir nicht an unserem Treiben teilhaben – jedenfalls nicht in der Realität. Dafür spielten sie in unseren Fantasien eine große Rolle, in dem, was wir uns zuflüsterten. Wir waren alles für einander: Klavierlehrerin und Schüler, Hure und Freier, Hippiemädchen und Landstreicher.

Natürlich besaßen wir schon bald eine große Auswahl an Dildos, Peitschen, Fesseln und weiteren vergnüglichen Dingen. Vieles davon kauften wir spätnachts auf der Reeperbahn, auf dem Rückweg von unseren Ausflügen an die Schnapstheken.

Bei einer dieser Shoppingtouren – ich hatte das, was wir in unserer trunkenen Geilheit für zwingend notwendig erachteten, wie immer brav mit meiner EC-Karte bezahlt – stoppte uns der Security-Mann am Ausgang. (Rund um die Reeperbahn brauchen sogar die Sexshops Sicherheitspersonal.)

»Darf mich mal?«, fragte er, ohne wirklich zu fragen, und zeigte auf meine Jacke.

»Aber klar«, antwortete ich entspannt.

Der bärige Typ im SM-Outfit, inklusive Lederkäppi und Regenbogen-Anstecker am Revers, griff daraufhin beherzt in meine linke Außentasche und brachte etwas Weiches zum Vorschein, das in Plastik verpackt war.

»Na, was haben wir denn da?«, tönte er und hielt mir das Päckchen unter die Nase.

Ich brauchte eine Sekunde, dann erkannte ich das Corpus Delicti: ein String für Männer im Elefanten-Style, sprich: mit Gesicht und Rüssel auf der Vorderseite. Einer dieser Scherzartikel, den Menschen geschenkt bekommen, die sich in der Öffentlichkeit gern durch Zoten hervortun und/oder (wobei das *und* hier prozentual eindeutig überwiegt) schon seit Jahren keinen Geschlechtsverkehr mehr gehabt haben.

Der Quatsch war mir natürlich nicht von selbst in die Tasche gefallen. Ich warf Klara einen Seitenblick zu.

Die sah zu Boden und kicherte.

Dann war der Sicherheitsheini wieder dran.

»Tja, was machen wir denn nun?«, sadistete er mit gespieltem Bedauern.

»Keine Ahnung. Erst mal ein bisschen Kokain rüsseln?«, scherzkekste ich zurück.

»Kokain wäre gut. Geld wäre auch nicht schlecht. Ich denke, dass ich für zweihundert Euro glatt vergessen könnte, die Geschäftsleitung, zu informieren, die ihrerseits natürlich nicht zögern würde, die Polizei einzuschalten.«

Ich schwieg. Was hätte ich auch sagen sollen? In letzter Zeit wurde in meiner Umgebung eindeutig zu oft nach der Schmiere gerufen.

Der Winnie Puuh in Leder nutzte die Pause für weitere Boshaftigkeiten.

»Du könntest die Summe natürlich auch abarbeiten«, sagte er und deutete durch das obszöne Zusammenspiel von Faust und Wangenmuskulatur einen Blowjob an.

In diesem Moment spürte ich, wie etwas von dem, was ich gerade bezahlt hatte, aus der *extra neutralgehaltenen* Einkaufstüte gezogen wurde, die ich nach wie vor in der Rechten hielt. Einen Wimpernschlag später zischte eine schwarze Muräne an meinem Ohr vorbei und traf mit voller Wucht das Gesicht des Secus.

Der schrie auf, und präsentierte – Angst und Entsetzen im Blick – einen blutigen Striemen, der von der Stirn über das rechte Auge bis zum Kinn reichte, was ihn wie David Bowie auf dem Cover von *Aladdin Sane* wirken ließ. Offenbar hatte Klara unsere neue Reitgerte einem ersten Belastungstest unterzogen. Blieb zu hoffen, dass der Getroffene der masochistischen Fraktion angehörte.

Klara verpasste mir einen Stoß: »Los, abhauen!«

Und das taten wir dann auch. Wir drängten uns an SM-Winnie vorbei, der in die Hocke gegangen war und sich beide Hände vors Gesicht hielt, also keine Gegenwehr mehr leisten konnte. Dann liefen wir, bis wir völlig aus der Puste waren.

»Scheiße, du bist verrückt«, keuchte ich, während wir uns auf die Bank einer Bushaltestelle fallen ließen.

»Und du bist verrückt nach mir.« Klara drohte mir spielerisch mit der Gerte, die sie nach wie vor in der Hand hielt.

Ich schob ihren Arm sanft beiseite und sagte: »Ich bin vor allem verrückt danach, dir den Hintern zu versohlen.«

Wir hatten jede Menge Spaß. Und es war bei weitem nicht immer Klaras Konfrontationsbereitschaft, die uns außergewöhnliche Momente bescherte. Sie konnte auch anders, charmant und mädchenhaft. Sie hatte eine geradezu magische Wirkung auf Menschen, vor allem auf Männer, und wenn ihr der Sinn danach stand, nutzte sie diese Gabe schamlos aus.

Einmal, wir hatten spontan eine Zugfahrt nach Köln gebucht und keine Plätze reserviert, gelang es ihr innerhalb von Minutenfrist, den Schaffner davon zu überzeugen, dass wir dringend die völlig überfüllten Gänge verlassen und stattdessen einen Platz in der 1. Klasse beziehen mussten. Als sie mich dort, nach einer halben Stunde gepflegter Langweile in vergleichsweise komfortablen Sitzen auf die Zugtoilette zog, zeigte sie dann wieder ihre weniger mädchenhafte Seite.

Unvergessen der Kommentar dieser älteren Dame, die vor der Tür gewartet hatte, und, nachdem sie Klara hatte heraustreten lassen, unversehens mit mir kollidierte: »Hoppla, da kommt ja noch einer.«

Ein anderes Mal rettete mir Klaras Sexappeal mindestens die Gesundheit. Wir waren bei mir und gerade aufgestanden, als es klingelte. Die frühe Stunde – es wird nicht später als elf gewesen sein – ließ nur einen Schluss zu: entweder ein Paketbote oder der Briefträger mit einer *amtlichen Zustellung*. Obwohl ich mich nicht erinnern konnte, in den letzten Wochen etwas bestellt zu haben, hoffte ich auf Ersteren. Und netterweise war es dann auch ein DHL-Knecht, den ich, nachdem ich den Summer gedrückt und die Wohnungstür geöffnet hatte, um die Ecke ächzen sah. Ein ausgemergelter Schlacks mit schwarzem Haar und geriatrischer Gesichtsfarbe, Typ manischer Kaffeetrinker und Kettenraucher.

Er drückte mir ein schmales Päckchen in die Hand, hielt mir seinen elektronischen Quittungsblock entgegen und sagte mit deutlichem Akzent: »Hier bitte unterschreiben.«

Ich schaute kurz aufs Adressatenfeld und las den Namen *Agnes Schlüter*.

»Tut mir leid, das ist nicht für mich.«

Der Nikotinjunkie ließ sich davon nicht beeindrucken.

»Bitte unterschreiben.«

»Nein, auf keinen Fall. Ich kenne die Dame gar nicht.« Zwar zierte das Päckchen meine Hausnummer, eine Madame Schlüter wohnte allerdings nicht in meiner Nachbarschaft (zumindest soweit ich das auf dem Schirm hatte).

Ich versuchte, die heiße Fracht zurück in die Hände des Überbringers zu legen, aber der verweigerte die Annahme.

Was dann genau passierte, hat mein Gedächtnis nicht gespeichert. Tat ich einen Schritt nach vorn oder der Bote? Jedenfalls lag das Päckchen plötzlich auf der Fußmatte, lagen der Bote und ich genauso plötzlich miteinander im Clinch. Ein bisschen wie beim Fußball, wenn der Gefoulte und der Foulende sich unversehens Brust an Brust, Stirn an Stirn gegenüberstehen. Auch wer dann wen geschubst hat, entzieht sich meiner Erinnerung. Es gab jedenfalls einen kurzen Kontakt, dann entfernten wir uns wieder voneinander. Keinen Wimpernschlag später stand mein Fuß ungewollt auf dem Päckchen, und danach tauchte auch schon das Messer auf. Kein besonders großes Messer, gewiss, eher ein Brieföffner. Aber eben ein Gegenstand mit Klinge.

In den Augen des Boten meinte ich etwas wahrzunehmen, das ich nach langen Diskonächten schon des Öfteren bei Typen beobachtet hatte, die ihren Hormonstau mit massiv viel Amphetamin zu bekämpfen versucht und trotzdem keine Erlösung empfangen hatten.

»Hey, hey, ganz langsam«, flüsterte ich beschwörend.

Und dann trat Klara auf den Plan. Sie trug nichts als ihr Höschen und ein bauchfreies T-Shirt.

»Oh, das ist sicher für mich«, flötete sie, als wäre alles ganz normal, als wäre die Lage nicht gerade eben maximal eskaliert. Dann beugte sie sich nach vorn, lasziv wie eine Geisha, zog das zerknautschte Päckchen unter meinem Fuß hervor und richtete sich genauso lasziv wieder auf. Bevor der durchgeknallte Messerfreak auch nur reagieren konnte, hatte sie ihm schon das Gerät zum Unterschreiben aus der Hand genommen und sagte: »Darf ich?«

Der Irre im DHL-Kostüm war mindestens so verblüfft wie ich und ließ Klara gewähren.

Nachdem sie signiert hatte, schloss sie die Tür mit einer lässigen Armbewegung. Dann war der Spuk vorbei.

Ich stand noch unter Schock, hätte am liebsten eine halbe Schachtel auf einmal inhaliert. Klara dagegen war regelrecht aufgekratzt.

»Komm, hier unterschreiben!«, sagte sie, zeigte auf ihren Bauchnabel und zog mich mit sich.

Leuchtende Tage. Hinter uns ein schaler Brei aus Banalität und Borniertheit, vor uns die unendliche Macht der Möglichkeiten. Wenn wir zusammen waren, verlor alles andere an Bedeutung. Das Streben nach Anerkennung, nach Ruhm, nach Veränderung – das alles war nichts, wenn ihre mit heiserer Stimme geäußerten Fantasien mein Gehirn mit einem weiteren Brandzeichen markierten.

Wenn wir verabredet waren, vor allem, wenn wir geplant hatten, uns bei ihr zu treffen, ich mich also erst noch physisch in ihre Richtung bewegen musste, war meine Vorfreude grenzenlos. Ein Gefühl, wie früher, wenn der Besuch eines Festivals anstand. Du hast die Taschen voller Drogen, den Kofferraum voller Alkohol und nichts vor dir als eine Phase unendlicher Freiheit.

Wir hatten ein gutes Leben, vielleicht sogar das bestmögliche. Halt, falscher Fall: Wir hätten das schönste aller Leben *haben können*, wenn nicht immer wieder der Irrsinn an die Tür unserer verwunschenen Gartenlaube geklopft hätte. Aus einem harmlosen Gespräch konnte jederzeit ein massiver Streit entstehen. Und der begann immer gleich.

Klaras Kinn schob sich nach vorn, ihr Näschen hob sich ein Stück, so als würde ein Raubtier Witterung aufnehmen, dann kam ein Vorwurf, auf den ich noch nicht mal im Ansatz vorbereitet war. Zum Beispiel dieser hier: »Wieso stellst du mich nicht deinen Eltern vor?«

Wir waren zu diesem Zeitpunkt etwa viereinhalb Monate zusammen. Viereinhalb Monate! Oh, Lord! Natürlich ging ich auf diesen Aspekt gar nicht erst ein, es hätte ohnehin keinen Zweck gehabt. Stattdessen versuchte ich mich grundsätzlich zu erklären (selbstverständlich in möglichst ruhigem Ton).

»Hey, hör zu. Ich habe meinen Eltern schon ewig kein Mädchen mehr vorgestellt. Ich steh einfach nicht auf dieses Familiending. Die gemeinsamen Feiern, die Wochenendbesuche, das alles ist komplett unsexy.«

Klara ignorierte dieses Argument. Sie war viel zu aufgewühlt für ein vernünftiges Gespräch, steckte schon vom ersten Wort an in einem Tunnel aus Verletztheit und Wut. Stattdessen schoss sie sich auf ein Detail ein.

»*Mädchen*? Was ist das denn für ein Wording?« Sie hatte die Angewohnheit, Begriffe aus dem Business-Sprech zu verwenden (was es nicht besser machte.) *Feedback* beispielsweise war eins ihrer Lieblingswörter. »*Mädchen*! Als würde ich für dich auf den Strich gehen. Und was heißt überhaupt *schon ewig*? Du verarschst mich doch. Ich bin dir peinlich, das ist alles.«

Ich wusste, worum es ihr ging – wir hatten das Thema schon ein paarmal durchgekaut –, dennoch konnte ich es mir nicht versagen, unser pathologisches Menuett fortzusetzen, also die eine, die unvermeidliche Frage zu stellen: »Wieso solltest du mir peinlich sein?«

»Weil ich kein Abitur habe, im Gegensatz zu den Mitgliedern deiner honorigen Akademiker-Familie.«

Klara hatte die Schule nach der elften Klasse abgebrochen und erst später, auf dem zweiten Bildungsweg das Fachabitur gemacht. Als wir uns trafen, studierte sie seit drei Semestern Bibliotheks- und Informationsmanagement an der HAW.

»Aber du studierst doch«, bemerkte ich denn auch, schon einigermaßen entnervt.

»Siehst du? Siehst du, wie wichtig dir diese repräsentative Scheiße ist?! Studium, Abitur ...«

Und damit hatte sie mich. Nun wurde ich ebenfalls sauer. Denn ihr Vorwurf war gleich doppelt absurd. Meine Eltern mochten zwar auf alles Mögliche Wert legen, aber sicherlich nicht auf Schulabschlüsse oder ähnliches. Und ich selbst hatte zwar Abitur gemacht (mit einem Schnitt von 3,6 wohlgemerkt), danach aber gleich dreimal in Folge ein Studium abgebrochen.

»Moment mal, *repräsentative Scheiße*? Wolltest du nicht gerade eben, dass ich dich mit meinen Eltern bekanntmache? Du bist es doch, die die Reputation über das Glück stellt.«

»Reputation? Fick dich! Ich will mir mit dir etwas aufbauen, du Arschloch.«

»Na klar, aufbauen! Was denn aufbauen? So eine Barbie-Welt mit Eigenheim und SUV vor der Tür oder wie? Weißt du was, fick dich selber!«

Am Ende schrien wir uns dann nur noch an, und das meist so lange, bis einer von uns das Weite suchte. Diesmal war ich an der Reihe.

»Leck mich doch«, sagte ich nach einer besonders wüsten Tirade von Klara, schmiss meine Gabel auf den zur Hälfte leergegessen Teller – es hatte gefüllte Paprika gegeben – und stand auf.

Während ich wutentbrannt hin und her lief, meine Kippen einsteckte, mir hektisch Schuhe und Jacke anzog, würdigte sie mich keines Blickes. Auch als ich die Wohnungstür zuzog, hielt sie mich nicht zurück.

Obwohl es nie lang dauerte, bis sich die Reue meldete oder wenigstens die Sehnsucht, und einer von uns beiden einen ersten zaghaften Versuch unternahm, *ein Wiederaufnahmeverfahren in die Wege zu leiten*, war die Stille jedes Mal aufs Neue brutal. Die Minuten dehnten sich zu Ernteeinsätzen, zu Herztransplantationen, zu Kreuzigungen.

Der Klassiker unter den verkorksten Beziehungskonstrukten: Wir konnten nicht miteinander, hielten es ohneeinander aber nicht einen halben Tag aus. Eine Hassliebe? Mit Sicherheit. Wobei wir nicht einander hassten, sondern den Lebensentwurf, den der jeweils andere uns aufzuzwingen versuchte.

In der ersten Woche nach dem Streit – wir hatten uns zwar schon am nächsten Tag wieder versöhnliche Kurznachrichten geschickt, aber noch nicht wieder getroffen – erreichten mich zwei weitere anonyme Briefe. Der erste enthielt eine Postkarte, deren Vorderseite van Goghs weltberühmte Sonnenblumen zierten. Auf der Rückseite stand in leicht unbeholfener Schrift: »Mehr zu hören, als zu reden – solches lehrt uns die Natur: Sie versah uns mit zwei Ohren, doch mit einer Zunge nur.«

Speziell dieses Schreiben nährte meinen Verdacht, dass Klara hinter der Geschichte stecken könnte. Ich meinte mich zu erinnern, dass sie van Gogh mal als einen ihrer Lieblingsmaler benannt hatte, und diese Schrift wirkte, wenn auch nicht sonderlich erwachsen, einigermaßen weiblich.

Der zweite Brief enthielt nichts als ein Foto, aus der Zeitung herausgerissen, eine Schwarzweißaufnahme von Santa Muerte, dieser mexikanischen Kultfigur, die stets als Skelett mit Sense dargestellt wird.

Ich nahm mir fest vor, Klara bei der nächsten Gelegenheit auf diese Sache anzusprechen. Aber wie immer, wenn wir uns sahen, geschah einfach viel zu viel in viel zu kurzer

Zeit, als dass das Vorhaben nicht hätte in Vergessenheit geraten müssen.

Unsere endgültige Versöhnung feierten wir in einem Abbruchhaus bei mir um die Ecke. Ich hatte schon länger damit geliebäugelt, Klara dorthin mitzunehmen. Nun war es soweit. Wir leerten eine Flasche Jägermeister, drangen gegen zwei Uhr nachts in das ehemalige Bürogebäude ein und trieben es dort im Dreck wie zwei Crackjunkies. Gesteigert wurde der Kick durch das Gefühl, dass sich vielleicht weitere Menschen in der Ruine aufhielten, Menschen, die es, so sie unsere Anwesenheit bemerkten, nicht unbedingt gut mit uns meinen mussten.

Wieder bei mir, waren wir noch immer derart geil, dass wir ein weiteres Mal übereinander herfielen. Eine Nummer, die ihre Intensität vor allem daraus zog, dass Klara mich auf sanfte Art nötigte, immer neue Schreckensszenarien zu erfinden, die das Abbruchhaus für uns hätte bereithalten können. Und einmal mehr war Frieden.

IV

Nach dieser Nacht veränderte sich die Atmosphäre zwischen uns. Wie so oft in solchen Fällen anfangs nahezu unmerklich.

Ein erster kleiner Riss zeigte sich nach dieser Fahrkartenkontrolle, zumindest meine ich, den Riss aus der Rückschau zu erkennen.

Wir waren im Bus unterwegs – wir wollten ins Kino, irgendeinen dieser Independent-Filme gucken, die Klara so mochte – und wie immer fuhren wir schwarz. Schwarzfahren passte zu Klara. Sie trug beinahe ausschließlich schwarze Klamotten, trank ihren Kaffee stets ohne Milch und sie liebte das Aroma von schwarzem Pfeffer.

Alles begann wie üblich.

»Schönen guten Tag allerseits. Fahrkartenkontrolle. Die Fahrausweise bitte.« Drei Typen in der gewohnt auffällig unauffälligen Kluft. Zwei etwas älter, eher sechzig als fünfzig, einer knapp über zwanzig, energisches Kinn, hellwacher Blick, dynamische Haltung. Hätten seine Gesichtszüge etwas stärker mit dem vorherrschenden Schönheitsideal in Einklang gestanden, hätte er gut und gerne in irgendeiner Vorabendserie den Bergretter geben können.

Wir versuchten noch, uns Richtung Ausgang zu schieben, um an der nächsten Haltestellte unbehelligt aussteigen zu können. Aber das Schicksal war gegen uns. Und natürlich war es der jungsche Typ, der unser Tun bemerke und sich uns in den Weg stellte.

»Die Fahrausweise hätte ich gern mal gesehen.«

»Haben wir nicht«, entgegnete Klara, während ich noch nach einer Ausrede suchte.

»Aha«, kam es, fast schon erfreut zurück.

»Haben wir nicht, wollen wir nicht, brauchen wir nicht«, fuhr Klara unbeirrt fort.

»Und wieso, wenn ich fragen darf?«

»Ganz einfach: Die Freiheit der Person ist unverletzlich, Grundgesetz, Artikel zwei, Absatz zwei.«

Ich war überrascht. Dass Klara das Grundgesetz zitierte, passte nicht zu ihr. Und dann noch mit Artikel und Absatz. Ich selbst kannte gerade mal die üblichen Bruchstücke.

Den kernigen Buben von der Bergwacht beeindruckten Klaras Verfassungskenntnisse deutlich weniger. Aber der musste sich ja tagtäglich noch ganz andere Stories anhören. Humorloser Klugscheißer der er war, konterte er mit eigenem Rechtswissen.

»Wer die Beförderung durch ein Verkehrsmittel in der Absicht erschleicht, das Entgelt nicht zu entrichten, wird mit Freiheitsstrafe bis zu einem Jahr oder einer Geldstrafe bestraft, Paragraf 265a, Absatz 1, Strafgesetzbuch.« Und dann nach einer kurzen Pause: »Und nun muss ich Sie beide bitten, gemeinsam mit mir und meinen Kollegen auszusteigen, damit wir die Personalien aufnehmen können.«

Die Kollegen aka Auslaufmodelle aka Geriatrie-Abteilung hatten sich derweil schon neben uns positioniert, und so fanden wir uns an der nächsten Haltestelle zu fünft im Freien wieder.

Bevor irgendwer etwa sagen konnte, rief Klara *abhauen* und stürmte auch schon davon.

Ich hatte bis dahin noch nicht mal an einen Fluchtversuch gedacht und verpasste daher den Moment, es ihr gleichzutun.

»Das Luder will stiften gehen!«, rief einer der beiden Veteranen aus. Und während ich noch darüber nachdachte, dass sowohl *Luder* als auch *stiften gehen* seltsam antiquiert klangen, so als wäre ich in einem Schwarzweiß-Krimi gelandet, hatte mich der andere schon am Oberarm gepackt.

Mister Eifrig hastete derweil Klara hinterher. Wäre ich nicht so träge gewesen, hätte er zwischen zwei Zielen wählen müssen und mit ein bisschen Glück vielleicht mich verfolgt. So war ihm die Entscheidung abgenommen und er hatte leichtes Spiel. Klaras Stiefeletten mit 6-cm-Absätzen waren seinen Sneakers einfach unterlegen. Er erwischte sie, noch bevor sie den Übergang zur anderen Straßenseite erreicht hatte.

Eingekeilt zwischen die beiden Steppjacken hatte ich nicht den besten Blick, hätte also später nicht genau sagen können, wer wen zuerst attackiert hatte.

»Du packst mich nicht an!«, hörte ich Klara rufen.

Dann gab es ein kurzes Gerangel, in dessen Folge beide für etwa eine halbe Minute zu Boden gingen. Als sie wieder standen, hielt der Spast Klaras Arme verdreht auf dem Rücken, drückte ihren Oberkörper nach unten und zwang sie, auf diese demütigende Art vor ihm herzulaufen.

Klara war außer sich vor Zorn, beleidigte ihren Peiniger ohne Unterlass und wand sich nach besten Kräften, wirkte aber nicht so, als ob sie auch nur den Hauch einer Chance hätte, sich aus ihrer Zwangslage zu befreien.

Als die beiden uns erreichten, sah ich, dass der Wichser, dieser verkommene, notgeile Wurm, der da gerade meine Freundin misshandelte, eine Platzwunde an der Schläfe hatte. Und wenn ich das richtig deutete, war da auch Speichel in seinem Gesicht. Immerhin.

»Mach was«, sagte Klara und zwang mir ihren Blick auf. Wütend und flehentlich zugleich. Wie ein Kampfhund, den sein sadistischer Besitzer unters Bett geprügelt hatte.

Aber ich konnte ihr nicht helfen. Der Griff der beiden Rentenanwärter (mittlerweile hatte auch der zweite Hand an mich gelegt) war überraschend fest. Und einen Moment später fuhr dann auch schon der Streifenwagen vor. Den musste der Jungspund angefordert haben, nachdem er Klaras Verfolgung aufgenommen hatte.

Es gab einen kurzen Wortwechsel, in dessen Verlauf Klara auch die Bullen beleidigte (körperlich setzte sie sich diesmal zum Glück nicht zur Wehr). Dann wurde sie auf die Rückbank verfrachtet.

Ich hatte es verkackt.

»Wo bringen sie sie hin?«, fragte ich die beiden Kontros, die mich nun endlich losgelassen hatten, jedoch nicht darauf verzichten wollten, meine Personalien zu notieren.

Einer der beiden nannte ein Revier in der Nähe.

Nachdem ich meinen Ausweis wiederhatte, lief ich dorthin, ließ mich gegenüber dem Eingang auf einer flachen Mauer nieder und wartete.

Nach über zwei Stunden, in denen ich eine nach der anderen geraucht hatte, tauchte Klara endlich auf. Sie war weder überrascht, noch erfreut, mich zu sehen.

Meinen Versuch, sie zu umarmen, wehrte sie ab.

»Erzähl. Wie war es?«, insistierte ich.

»Na, wie wohl?«, sagte sie. »Behaglich natürlich, richtiggehend erholsam.«

Der Rest des Heimwegs vollzog sich in angespanntem Schweigen.

Erst kurz vor meiner Haustür wurde Klara wieder lebendig.

»Schau mal«, sagte sie und zeigte auf einen dunkelbraunen Klumpen am Bordsteinrand.

Ich trat einen Schritt näher und erkannte einen überfahrenen Igel.

Klara beugte sich herab und sagte: »Den will ich mitnehmen.«

»Der ist tot«, entgegnete ich.

»Gib mir deine Jacke.«

Der Ton, in dem sie das sagte, duldete keinen Widerspruch. Also gab ich sie ihr.

In meiner Wohnung angekommen, legte sie sich wortlos ins Bett; den eingewickelten Leichnam neben sich.

Ich trank Bier und rauchte und betrachtete ihr Gesicht, bis die Trunkenheit alles gleichmachte: Igelmatsch, Fahrkartenkontrolleure, Bullen, Versagen, Schmerz.

Als ich erwachte, war Klara weg und der Igel mit ihr. Nur meine Jacke lag noch da. Ich schmiss sie in den Müll.

Danach wurde es nicht besser.

Zwei Tage später trafen wir uns bei ihr. Und zuerst schien alles normal. Ein mit Kerzen verzierter Karton, in dem ein Kleintier Platz gefunden hätte, war jedenfalls nirgends auszumachen. Dann aber musste ich pissen und entdeckte, dass ihre Badewanne bis obenhin mit Laub gefüllt war.

»Trocknest du Blätter?«, fragte ich scherzhaft.

Aber sie lächelte nicht.

»Fick mich in den Mund«, sagte sie nur und kniete sich hin, im Gesicht den Ausdruck einer Verurteilten, die sich für das Strafmaß nicht, oder nicht mehr, interessiert.

Ich zögerte, aber sie riss mir mit zwei, drei Griffen Gürtel und Hose auf und stopfte sich meinen Schwanz zwischen die Lippen, wie ein Hungernder etwas in sich hineinschieben mochte, das ihm gerade von einem Lkw aus zugeworfen worden war und das weder Geschmack noch eine annehmbare Konsistenz besaß, sondern einfach nur sättigen sollte.

Es war das erste Mal, dass wir Sex hatten, ohne dass es mir Vergnügen bereitete.

Keine Woche danach ereignete sich der Vorfall mit der Milch. Wieder waren wir bei Klara. Sie hatte Kaffee gekocht. Als sie Milch in die Tassen gab, zeigten sich diese weißgelben Schlieren und Klumpen, die unverkennbar darauf hindeuteten, dass das Produkt verdorben war.

»Die ist abgelaufen«, sagte ich.

Klara schien mich nicht zu hören. Sie schob mir meine Tasse über den Tisch und setzte die ihre an den Mund.

»Hey, pass auf, die Milch ist nicht mehr gut«, wiederholte ich meine Warnung.

Sie reagierte immer noch nicht, trank vielmehr einen weiteren Schluck.

Als sie ihre Tasse wieder absetzen wollte, nahm ich sie ihr sanft, aber energisch aus der Hand. Klara ließ sich davon nicht beeindrucken. Kurzerhand griff sie sich die Milchpackung und trank dieselbe in einem Zug leer. Als sie fertig war, hob sie den Blick, ohne mich dabei anzusehen. Währenddessen lief ihr ein weißes Rinnsal am Kinn hinab, als wäre sie ein wehrloser Altenheiminsasse, dem gerade gewaltsam der *Schlummertrunk* eingeflößt worden war.

Ich nahm meine Tasse und leerte sie ebenfalls. Erst jetzt wurde mir bewusst, dass Klara Milch im Kaffee für gewöhnlich verabscheute.

Nur wenn wir stritten, kehrte noch so etwas wie Normalität ein. Und wir stritten häufiger denn je. Selbst banalste Alltagsfragen konnten zu erbitterten Auseinandersetzungen führen.

Ob der Supermarkt am Samstag um 23.00 oder 23.30 schloss, ob uns Bus oder S-Bahn stressfreier an ein x-beliebiges Ziel bringen würden, ob Fett oder Zucker die Gesundheit stärker ruinierten – die Liste ließe sich endlos fortführen. Selbst an Teenagerpeinlichkeiten wie der Frage, wer die weibliche Hauptrolle in sagen wir »Natural Born Killers« spielte, kamen wir nicht vorbei.

Worum es dabei wirklich ging? Sicherlich um Machtansprüche. Wir waren beide keine Charaktere, die sich leicht unterwarfen. Aber da war noch etwas anderes. Ich meinte, bei Klara eine gewisse Verbitterung festzustellen, Verbitterung gepaart mit Angst. Als wäre ihr bereits ein Minimum an Harmonie unheimlich. Aber auch ich selbst schien offenkundig nicht ganz gesund. Warum sonst gelang es mir kein einziges Mal, den Ball flachzuhalten? Warum stieg ich auch noch auf den letzten Scheiß ein und tat dann alles dafür, um die Situation eskalieren zu lassen?

Wenn wir uns am Ende wieder in der und an die Stille verloren hatten, litt ich jedes Mal bitterlich, ganz egal, ob ich mich im Nachhinein im Recht oder im Unrecht fühlte. Eine Mischung aus Rührseligkeit, Selbsthass und Reue, als hättest du deine Freundin zu einer Koksparty mitgenommen und am Ende des Abends wäre sie mit dem Dealer nach Hause gegangen.

Später, in einem anderen Streit, fühlte ich mich bemüßigt, die anonymen Briefe ins Spiel zu bringen.

»Du schickst mir diese Briefe«, schrie ich sie an.

»Was für Briefe?« Sie sah ehrlich verwirrt aus.

»Na, diese Drohbriefe, diese Gedichte, diese völlig kranken Bibeltexte.«

»Du bist paranoid«, erwiderte sie.

»Lüg mich nicht an.«

»Du belügst dich doch selbst, du Spinner. Du behauptest, nein, du glaubst wahrscheinlich sogar wirklich, dass du der Gute in diesem Spiel bist. Aber in Wahrheit benutzt du mich nur. Du stehst drauf, mich klein zu machen. Dein Mindset ist durch und durch verrottet. Du brauchst ein Opfer, ein Opfer, das dein krankes Ego füttert. Und dieses Opfer bin ich.«

Wir hatten immer noch Sex – immer noch intensiv, aber verzweifelter, und natürlich nur, wenn wir bereits ziemlich betrunken waren.

Einmal noch kehrte der ursprüngliche Zauber zurück. Klara hatte ans Meer gewollt. Also waren wir nach Travemünde gefahren und hatten uns dort für eine Nacht in einem Appartement eingemietet. Spätabends gerieten wir durch Zufall ins Dachrestaurant eines Hotelhochhauses, so ein Betonungetüm aus den Siebzigern.

Sie waren gerade dabei zu schließen, aber der graumelierte Kellner, dessen rote Fliege genauso aus der Zeit gefallen zu sein schien wie die Inneneinrichtung, drückte ein Auge zu. Und so saßen wir dann allein in diesem riesigen Saal, tranken Bier und hielten Händchen, während in der Ferne die Lichter der Skandinavien-Fähren ans uns vorbeiglitten.

Als wir dann aber ins Appartement zurückgekehrt waren, gab es plötzlich keinen Strom mehr. Und Klara flippte aus, weil sie unbedingt diese Santana-CD hören wollte, die sie beim Einchecken in einem Stapel neben der Anlage entdeckt hatte. Als ob das nicht genügt hätte, fingen wir einmal mehr an zu streiten. Klara wollte sich partout nicht davon abbringen lassen, drinnen zu rauchen, was ich scheiße fand, da ich der netten Vermieterin gleich dreimal versprochen hatte, dass wir auf den Balkon gehen würden. Klara nannte mich *Spießer*, ich sie *egozentrisch*.

Gerade als ich ein paar Kerzen gefunden hatte, war der Strom wieder da. Wir hätten also endlich die CD hören können. Aber es war zu spät, Klara hatte keine Lust mehr auf Musik. Und so saßen wir schweigend da und vernebelten die Bude, als ob es für jede weitere Kippe ein Fleißbienchen oder ein Gratisbett in der Krebsklinik gegeben hätte. (Nach zwei Solonummern auf dem Balkon, bei denen ich mir reichlich lächerlich vorgekommen war, hatte ich mich außerstande gesehen, mein Versprechen auch nur eine Sekunde länger zu halten.) Die Stimmung war komplett im Arsch.

Noch bevor wir Hamburg am nächsten Nachmittag wieder erreichten, war uns beiden klar, dass erst mal Funkstille herrschen würde. Aber es war wie immer. Mit jeder Stunde, die ins Land ging, dehnte sich die Zeit, zu Matheklausuren, zu Krisengipfeln, zu Stellungskriegen.

Ich versuchte mich abzulenken, schrieb ein bisschen, machte Sport, traf Freunde. Wenn ich es mir leisten konnte, ließ ich mein Handy zu Hause. Aber es half nichts. Keine fünf Tage später stand ich vor Klaras Tür. Ein ferngelenkter Mutant, ein entlaufener Sklave, der mit der Freiheit nichts anzufangen weiß.

Zu meinem Erstaunen öffnete eine Frau, die ich noch nie gesehen hatte. Etwa dreißig, dunkles, lockiges Haar, kluger Blick. Sie roch nach Biomarkt, nach Lesesälen und seltenen Hobbys.

»Ja?« Sie musterte mich.

»Ich, äh, ich möchte zu Klara«, stotterte ich, und ärgerte mich noch im selben Moment maßlos darüber.

»Die ist nicht da.«

»Macht nichts. Dann warte ich auf sie. Kann ich reinkommen? Bist du eine Freundin von ihr?«

»Nein, du verstehst mich falsch. Klara ist für länger weg.«

Ich hatte schon einen Schritt auf sie zu gemacht, nun hielt ich irritiert inne.

»Was soll das heißen *für länger*? Für wie lange?«

»Keine Ahnung. Ich habe die Wohnung erst mal für drei Monate. Übers Internet, weißt du. Aber Klara meinte, dass ich sie vielleicht ganz übernehmen ...«

Auf dem Nachhauseweg tanzten meine Gedanken Pogo. Übers Netz, drei Monate, komplett übernehmen – scheiße, Klara musste das alles schon angeschoben haben, bevor wir nach Travemünde gefahren waren. So eine Sache brauchte Vorlauf.

Ich versuchte, sie anzurufen, ich schickte ihr eine SMS nach der anderen. Aber sie reagierte nicht. Weil ich glaubte, sie könne meine Nummer blockiert haben, lieh ich mir die Telefone von Freunden. Auch das ohne Ergebnis.

Als ich keine drei Wochen später wieder vor ihrer Tür stand, prangte tatsächlich ein neuer Name neben ihrer Klingel.

Spätestens da wusste ich, dass es vorbei war, dass es Zeit wurde, das Logbuch umzuschreiben oder über Bord gehen zu lassen. Aber ob Entern oder Kentern – am Ende treibt immer etwas im Wasser, das Fäulnis absondert; hat niemand die kleinen, schwarzen Punkte auf der Iris bemerkt; erzählt sich jeder seine eigene Lüge. Wenn ich meinen Seelenfrieden zurückhaben wollte – und das wollte ich natürlich –, musste ich diesen Abschied wissenschaftlich angehen, diszipliniert, wie einen Drogenentzug, den Schmerz mit Routine bekämpfen. Klarer hatte ich nie gesehen.

Klara habe ich nie wiedergesehen. Ich habe gehört, dass sie nach Berlin gegangen ist und sich dort einen DJ geangelt hat, einen Typen, den ich nur dem Namen nach kenne, der aber wohl ziemlich dick im Geschäft ist.

Ich wünsche ihm Langmut und ein oder zwei Geschlechtskrankheiten.

DIRK BERNEMANN

GESPRÄCHE ÜBER FREEJAZZ UND EINE SCHLÄGEREI ZUM THEMA HARMONIE

Als ich den Halt verliere und weiß, dass ich fallen werde, wird mir auch klar: Es ist vorbei. Alles ist zu Ende, das halbe Egal der ganzen Hoffnung, vollends kaputt, all das. Ich spüre etwas Warmes an meinem linken Ohr, es fühlt sich an wie eine tanzende Ameisenarmee. Daraufhin folgen ein paar Sekunden Schweben, die sich wie ein Hubschrauberrundflug über eine langweilige Gemeinde im westfälischen Hinterland anfühlen und schließlich das unvermeidliche Näherkommen des Asphalts, der sich kalt an mein Gesicht schmiegt. Ich spüre, wie Blut austritt. Ich presse meine Augen zusammen und hoffe, ich werde so unsichtbar.

Ich habe mir als Kind aus verschiedenen Gründen gewünscht, unsichtbar zu sein. Meistens, wenn ich eine Harmonie haben wollte, die nicht zustande kommen konnte. Die schreiende Mutter, der viel zu leise Vater, der verhaltensauffällige Bruder und ich mittendrin und viel zu sensibel. In der Ecke stehen und nichts sagen und am besten durchsichtig sein. Ich bin mir sehr bewusst, dass das nicht unbedingt ein Problem ist und wenn dann ein viel zu kleines, um jemanden interessant zu machen. Ich weiß: Es gibt andere Leute mit viel lauteren Problemen.

Ich stolpere durch die Stadt, auf der Suche nach Ideen. *Take a walk of inspiration.* Ich habe gehört, Menschen, die mehr sitzen als laufen, stagnieren auch innerlich. Aber ich bewundere auch immer die, die in Gelassenheit zu Hause bleiben können und trotzdem wunderbare Kunst machen. Die lässig vom Schreibtisch aus die Welt beherrschen, ohne wirklich an ihr teilzunehmen. Ich glaube, sowas gibt es wirklich.

Manchmal liegen sie einfach auf dem Asphalt, diese Ideen, oder tauchen plötzlich durch einen lustig-kritischen Aufkleber im Blickfeld auf. Manchmal ist alles sehr einfach – ein Impuls und die Maschine läuft. Eine Inspiration kreuzt den Weg. Als Kreativer in Sachen Schriftstellerei sind solche Spaziergänge wichtig. Das Umfeld, die Realität, die Menschen, ihre Auffälligkeiten, ihre Unerschöpflichkeit, ihre zuweilen zur Schau getragene Erschöpfung und ihre modischen Eskapaden. Das alles muss doch von jemandem eingesammelt werden. Ich habe lange keinen vernünftigen Satz mehr geschrieben.

Das Gehirn soll in einen Prozess geraten. Es soll rotieren und mich begeistern mit seinen Gedanken. Manchmal wirft es monatelang nichts Schreibbares ab und man geht und steht und taumelt und verzweifelt an sich und der Umgebung und denkt sich, dass es vielleicht ein Fehler war, von seiner Kunst leben zu wollen und in diese Stadt zu ziehen. Sich dieser Konkurrenz zu stellen. Künstler zu treffen, die mit Projekten jonglieren, als wären sie Zirkusartisten. Immer ist irgendwo Entertainment. »Berlin, Berlin«, brüllt wer, kommt aber aus Tübingen, Thüringen, Bad Schwartau, Bad Salzuflen oder Torgau. Zu viele Leute habe ich schon getroffen, die reden und nicht das tun, *worüber* sie reden. Es steht immer nur eine Ankündigung im Raum, jedes Wort ist nur der Trailer eines unfertigen Films. Ich wollte nie zu denen gehören, die man nach langer Zeit wieder trifft und die gefragt werden, ob die Sache, von der sie vor ein paar Jahren erzählt haben, ein positives Ende gefunden hat, und die Angesprochen stehen dann da und erinnern sich nicht mal mehr an die Sache. Es ist furchtbar ansteckend mit Leuten rumzuirren, deren Enthusiasmus schneller erlischt als die Feuerzeuge, mit denen sie zitternd vor Langeweile ihre schlecht gedrehten Zigaretten anzünden.

Die Stadt hat in diesem Bezirk so ein Loch, das scheinbar all die Verrückten und Getriebenen anzieht. Ich glaube, dies ist genau der Punkt, der mich hierbleiben lässt, weil immer wieder Begegnungen möglich sind, die man nicht mal in den abgefahrensten und dunkelsten Ecken des Internets finden kann. Ein Reihe Bars, hippe Cafés mit schlechter Beleuchtung und unfreundlichen Menschen, Restaurants und Passanten, die nicht nur passieren, sondern Geschichten mit sich herumtragen. All das als Summe ist ein Magnet, auch wenn die Miete zuweilen eine Hürde ist.

Ich habe jahrelang auf dem Land gelebt. Nichts getan außer geschrieben, ab und zu das Dorf für Lesungen verlassen oder mir in der Nähe Natur angeschaut. Und immer der Gedanke: Hier bleiben ist gut, hier bist du sicher, es mangelt an nichts. Einer der größten Selbstbeschisse meines Lebens. Mein Geist verwelkte irreparabel vor sich hin, Gespräche mit der Dorfbevölkerung mündeten in Gewaltfantasien und wenn man nachts schreibt und danach nirgendwo außer zu Hause und alleine ein Belohnungsbier trinken kann, stellt sich auf Dauer vermehrt Frustration ein. Dann lieber in einem Loch wohnen, das die Kaputten und Fertigen anzieht, als ewig von einem Schleier aus pseudoidyllischer und provinzieller Antriebslosigkeit umgeben. Sowas kann einen wahnsinnig machen. Ich war kurz davor, es zu werden. Dann kam ich her, vor mittlerweile sieben Jahren.

Jetzt sitze ich hier auf dieser Bank, habe mir eine Falafel gegönnt und schaue mir Menschen an, meine suchenden Augen schweifen umher, sie nach ihren inneren und äußeren Auffälligkeiten abtastend. Ein Mann mit einer blutenden Wunde am Kopf nähert sich mir und ich esse einfach weiter, vermeintlich unbeeindruckt. Er riecht nach Abwasser, aber ich will jetzt nicht hier weg. Ich esse also zu Ende und dann kommen wir ins Gespräch, während ihm aus einem erkennbaren Schnitt an der Schläfe ein feines Rinnsal Blut sein Gesicht hinabtröpfelt. Wir unterhalten uns über Fußball und er imponiert mir mit Fachwissen. Ich bin mir unsicher, ob er gleich auf seine Wunde zu sprechen kommt oder ob ich mich kurz danach erkundigen sollte.

Wir sprechen dann eine ganze Weile über klassische Komponisten, ein Bereich, in dem er ebenfalls ein Spezialist zu sein scheint. Plötzlich, mitten in einem unvollendeten Schachtelsatz, springt er auf und schaut mich mit irren Augen an. Ich vermute beinahe, dass jetzt ein Gewaltakt folgt. Aber es kam nur ein Schweigen, das vielleicht 30 Sekunden andauert, bevor er ruhig sagt: »Mir geht's nicht gut, ich muss weiter.« Er geht eilig davon, mit seiner unbesprochenen Wunde.

Nach kurzer Zeit gehe ich auch weiter. Unbedarft schlendernd. Schlenderer verändern nichts. Sie sind nur da und machen die Welt langsam. Ich fühle mich irgendwie *bohemian*, aber vielleicht lag das an meiner Kleidung. Obwohl der Sommer deutlich spürbar durch die Luft wabert, trage ich meinen dunkelbrauen Cordanzug. Deswegen schlendere ich auch. Mit diesem Outfit kann man nicht rennen oder ernst laufen. Ich will gehen und tanzen und geil aussehen und das alles gleichzeitig.

Vielleicht ein Eis? Manchmal hat man so schicksalshafte Gedanken, die alles verändern, und kleine Bedürfnisse, die sofort gestillt werden müssen, die danach schreien, wie Babys im Brutkastenraum. *Scheiße, ja, ein Eis.*

Aufgereihte Genusswartende. Unkritisch und wie zufällig reihe ich mich ein, ein Mangosorbet würde meinen Spaziergang noch wertvoller machen. Eis macht mich seit Kindertagen glücklich. Es hat nie aufgehört. Der Geruch, das

Warten, das Betrachten der Tafeln mit den Sorten. Irgendwas Buntes auf einem Hörnchen. Dekoration, Musik, Eisdielenpersonal. Das ist keine Schwäche, das ist Glanz. Da liegt so viel Schönheit in diesem Prozess.

Ich habe kürzlich ein Theaterstück geschrieben, das dann unter gut organisierten Umständen zur Aufführung kam. Und ich habe vor, dergleichen erneut zu tun, beabsichtige jedoch, den ursprünglichen Rahmen von Bühne zu missachten und *genau dafür* suche ich Inspiration. Diese Eisdiele ist in ein Gebäude eingelassen, wie ein übergroßes Fenster, oben und an den Seiten mit buntem Plastikobst dekoriert und die drei uniformierten Eisverkäuferinnen sind mit roten Hüten, weißen Hemden und roten Westen ausgestattet. Sie wuseln herum wie emsige und überdrehte Comicfiguren. *Das* ist ja schon eine fertige Bühne, die man überall hinstellen kann, beispielsweise *auf* eine Theaterbühne. Was mir aber gleichzeitig dumm erscheint, eine Bühne auf eine Bühne zu stellen. Vielleicht soll dieses Stück an Orten stattfinden, wo das Theater sonst nicht hinkommt. Supermarktparkplatz, Badesee, Schlachthof. Aber dann muss ich diesen Gedanken stoppen, denn ihre Stimme durchdringt mich wie etwas komplett Vergleichsloses.

Es gibt fünf Dinge, die mich mit sofortiger Wirkung an Menschen binden:

1. Das spontane Zubereiten eines klassischen Pfannkuchens.

2. Das intensive Erzählen einer erfundenen Geschichte.

3. Das liebevolle Zubereiten von Eis mit Nüssen und Früchten.

4. Das Zeigen eines abstrakten Lieblingsortes, der irgendwie am Wasser gebaut wurde und etwas schimmelig riecht, aber durchaus als Versteck vor der Welt geeignet ist.

5. Arroganz in allen möglichen Geschmacksrichtungen.

Als ich mit diesen Gedanken beschäftigt bin, muss ich die Liste um einen sechsten Punkt erweitern.

»Und was darf es bei dir sein?«

6. Stimmen, die mich nach meinen Wünschen fragen, um dann keine mehr zu haben.

Ich blicke auf und sehe in ihr Gesicht. Ein Mund, an der Position, wo man sich einen Mund vorstellt, darüber eine Nase und verdammt, ja, Augen auch, ja, ein Gesicht eben, offen, zugewandt, synchron und einnehmend. Wie ein Stück Obst oder eine Kugel Eis oder der ideale Pfannkuchen. Oder wie ein euphorischer Popsong. In ihrer Hand, wie eine entsicherte Pistole: der Eiskugelportionierer. Schönheit und Gefahr. Worte, Worte fehlen. »Eine Kugel Mangosorbet, bitte.« Meine Stimme brüchig. Ich huste verlegen und sie macht sich an ihre Arbeit. Ihre sortierte Eleganz beeindruckt mich tief. Wie sehr *Ballerina* kann man eigentlich Eis in ein Hörnchen füllen ohne dass es wie Ballett aussieht, überdreht ist oder unnatürlich? Wenn man seine Arbeit auch tanzend erledigen kann, wozu dann noch still stehen?

Sie inspiriert mich. Sie hat etwas in mir berührt, durch ihre positive Arbeit, durch ihre Bewegungen, durch das

Hinhalten des Eishörnchens, durch den ganzen Rest, den sie ausstrahlt. Ich habe absolut keinen verfügbaren Charme, um jetzt irgendein Interesse zu bekunden. Ich schweige und lecke, lecke und schweige und wünsche mir, es gäbe etwas, das die Zeit jetzt anhält, um kurz ein paar hundert Jahre den besten, charmantesten und wirkungsvollsten aller Kontaktaufnahmesprüche zu erforschen, um ihn dann hier anzuwenden. Aber nichts. Außer einer ihrer Blicke, der die Tiefe besitzt, mich komplett zu wärmen, ohne dass das Eis schmilzt. Ein Augenblick wie ein Fön, der meinen kompletten Körper anhauchte, Geschmacksrichtung: Mango.

Im Angesicht vermeintlich schmackhafter Kostbarkeiten und Menschen fällt mir die Theorie ein, die mal ein Freund aufgestellt hat. Er meinte, man solle jede Leidenschaft beginnen wie eine surrende Hummel, die zärtlich auf einer Blüte landet, und beenden wie ein Hund, der Mayonnaise vom Fußboden schlabbert.

Die Frage ist jetzt, wie bleibt man in Kontakt, nach diesem Eisdeal? Habe keine Antwort, hatte nicht mal Gedanken, nur noch Reflexe. Ich zahle, bekomme ein Servicelächeln oder eine Liebeserklärung, ich kann es nicht mehr unterscheiden. Mit den Gefühlen eines kleinen Jungen, dessen Fußball oder bester Freund von einem Lkw überrollt wurde, kehre ich dem Eisfenster den Rücken. Ich höre noch *Vanille, Erdbeer, Stracciatella, Banane*, Leute bestellen weiter Eis, alles geht seinen Gang und auf mich setzt sich etwas Schweres. Ein Gedanke kommt, der mich beruhigt und zu mir sagt: Man kann nicht immer alles sofort und *sagen* erst recht nicht.

Ich setze mich auf eine Bank, in Sichtweite der neuerfundenen Theaterbühne. Sehe sie und ihre beiden Kolleginnen Eis kredenzen im milden Sommerlicht. Eine wunderbare Performance. Ab und zu ist mir, als würde ihr Blick auf mich fallen und eine Angst kommt auf, sie könnte mich für einen durchgeknallten Stalker halten. Das geht ja schnell heutzutage. Kaum bekundest du Interesse an einem Menschen durch intensives Beobachten seiner Eigenarten, so kann dir schon Unschönes zur Last gelegt werden. Was in einigen Fällen natürlich stimmt, aber in meinem eben nicht. Ich beobachte Menschen, weil ich mich für sie interessiere, weil ich versuche, ihre Tiefe zu erkennen, die ich durch ungenaues Hinsehen nie erkennen könnte. Ich lecke Eis und empfinde etwas, versuche, mir weiterhin die Bühne vorzustellen, bin aber abgelenkt von meinen eigenen Beobachtungen.

Nach einer Dreiviertelstunde wird das Ensemble des Eisdielentheaters ausgetauscht. Zwei unscheinbare Typen und eine Frau, die entweder eine stark verbrauchte Dreißigjährige oder eine jung gebliebene Siebzigjährige ist, entern ohne schnelle Übergabe das magische Rechteck in der Hausfassade. Ich sehe das Mädchen aus einer Seitentür verschwinden, bestimmt kommt gleich so ein Typ, der sie abholt, um mit ihr auf einem Einhorn, einem stylischen Longboard oder auf einem coolem Fahrrad davonzugleiten, doch nichts davon geschieht, sondern: Sie kommt auf mich zu. Direkt. Auf alles gefasst tue ich überrascht, als sie mich anspricht. »Ich hoffe, es hat geschmeckt.« Ihre Augenfarbe ist mir ein Rätsel, aber ihr Blick ist konkret und zielgerichtet.

Ihre authentische Lockerheit macht mir Angst, aber genau darauf habe ich doch gewartet. Sie steht einfach nur so da, trägt eine grüne Strickjacke über dem roten Hemd mit dem Logo der Fenstereisdiele. Verschüchtert, aber mit dem gelungenen Versuch nach außen hin zumindest wie jemand zu wirken, der die Lage unter Kontrolle hat, frage ich sie nach ihrem Namen. *Klara? Ja, cool, ehm, ja. Wie die behinderte Großstadtblasse bei Heidi. Haha.* Sie lacht. Ein gutes Zeichen, wenn der erste Humorversuch auch sie betrifft. Meine Smalltalkskills sind untrainiert. Ich bin oft allein. Aber es funktioniert. Wie etwas funktioniert, was jetzt einfach passieren soll.

Wir reden über Dinge, die wir in unserem Leben noch machen wollen. Reisen und Romane schreiben. Ich bin immer noch zu leise, meine Worte klingen teilweise so, als spräche sie ein anderer. Klara erzählt mir von ihrer Plattensammlung. Von schrägen Islandimporten, deren Namen sich alle wie düsterste Märchen anhören. Von diesem Job in der Eisdiele, der sie über Wasser hält neben dem Sozialpädagogikstudium, das sie insgeheim hasst. Wir reden über Literatur und über den Sinn und Unsinn der *Harry Potter*-Buchreihe, deren eingeschworener Gegner sie ist. Ich habe noch nie so ein Buch gelesen, aber irgendwie stören mich zaubernde Kinder in ernstzunehmender Literatur. Sie disst die ganze Reihe als unguten Klamauk und uninspirierendes Geschreibsel. »Harry Potter ist der Satan der Literaturfiguren«, schreit Klara ein bisschen entgeistert und überambitioniert in den Himmel. Mit dünnen Antennenarmen wild gestikulierend, um die Blödheit der elenden Literatur und der Poetry Slams, die wir gemeinsam hassen, zu erkennen und militärisch abzuwehren. *Wärmeleitrakete.* Dieses Wort ist plötzlich da. *Wärmeleitrakete.* Das zerstörerische Etwas, das dahin geht, wo das Leben pulsiert.

Ich erzähle ihr von meinen Literaturprojekten und von meinem Theaterstück. Sogar von der Inspiration der Eisdiele lasse ich sie wissen. Ich tue viel beschäftigter als ich eigentlich bin, versuche ein bisschen Ruhe in meine Worte zu legen, lüge, dass es mir auch ein bisschen egal ist, ob ich mit Kunst Erfolg habe und haben werde. Lüge überhaupt viel, tue, als sei ich ein Stratege, der den Kunstbetrieb aufmischen könne und behaupte, Erfolg sei berechenbar. Sie hört sich alles an und fragt an Stellen nach, für die ich Antworten habe. Mitten in einem meiner Sätze muss sie dann los, es ist ein Sonntagnachmittag, ein Uniprojekt sei noch fertigzustellen. Wir verabreden uns, dass ich sie in drei Tagen hier wiedersehen soll. Irgendwie mystisch, irgendwie dumm. Wir tauschen keine Handynummern aus. Keine Ahnung, warum nicht. Es liegt ein sonderbares Vertrauen in der Luft, ich bin mir sicher, sie wird kommen. Aber es kann natürlich auch alles nur Einbildung sein. Menschenkenntnis ist nur solange Menschenkenntnis, bis man Menschen kennt.

Innerhalb der nächsten drei Tage versuche ich, das Theaterstück voranzutreiben. Erfinde zunächst die Bühne, diese Straßeneisdiele, erfinde Protagonisten, zwei Frauen und einen Mann, die sich Wortgefechte zu politischen und sozialrelevanten Themen liefern, wie beispielsweise zur Debatte über Geflüchtete, zum Thema Feminismus oder zu Gewalt auf Hardcorekonzerten. Nebenbei will ich immer Personen dazukommen lassen, die sich Eis bestellen und damit das Positive der Welt beleuchten sollen. Einer kommt und bestellt Eis und die Sonne geht auf und die Gesichter lachen und ich weiß gar nicht genau, was ich damit verdeutlichen will, wahrscheinlich die Fähigkeit des westeuropäischen Eiskonsumenten, sich die Realität schön zu lecken Auf der Flucht zu sein, vor der Wirklichkeit, die Schmerzen auslöst, wenn man sie sich genau anschaut. Die Dialoge reifen langsam und sogar Musik denke ich mir aus, die das ganze Schauspiel untermalen soll. In den Eisdielen meiner Kindheit lief immer Eros Ramazzotti oder Gianna Nannini. Lieder, die ich immer auf Fantasie-Italienisch mitsang, was ich mir bis heute erhalten habe. » … gnoschi wasi wä, inschel gwend onkor, goykoschäa, un estate italiana na na na na …« Das waren gute Momente voller Harmonie, schon damals nicht echt aber trotzdem schön, in diesen orangebeleuchteten Kindertagen, die man heute nur noch auf halb vergilbten Fotos nachvollziehen kann. Ich singe immer noch Fantasie-Italienisch. Zumindest in meinem Kopf. Es fühlt sich wie Urlaub an guten Orten an.

Die Wahrscheinlichkeit, dass eine alleinstehende, kluge und humorvolle Person ein Psychopath ist, schätze ich immer als hoch ein. Aber: Es stimmt sehr viel an und mit Klara. Ein paar Interessen und deren Schnittmengen. Unsere Desinteressen und vermeidbare Orte und Menschen. Sie hat Humor, lacht meistens über sich selbst und auch gerne über alles andere. Ein Herz an dem Ort, wo man ein Herz wissen möchte und ein Lachen, das laut, ehrlich und *in your face* ist. Doch die Wahrscheinlichkeit, dass irgendwas an ihr nicht stimmt oder sie einfach nicht erscheint, weil ich nur eine Zufallsbegegnung ohne Langzeitwirkung bin, kalkuliere ich ebenfalls mit ein.

Tatsächlich sitze ich dann drei Tage später wieder auf dieser Bank und Klara taucht mit ungefähr fünf Minuten Verspätung auf. Fünf Minuten, in denen ich Pünktlichkeitsautist wieder die ganze Welt in Frage stelle und alles für möglich halte, nur nicht, dass Klara noch auftaucht. Ich hätte aber definitiv auch länger auf sie gewartet.

Sie trinkt Bier wie jemand Bier trinkt, der nicht nur betrunken sein möchte, sondern auch ein Genießer ist. Wir haben uns für eine Bar entschieden, die wir beide nicht kennen. Rustikale Möbel, unsanft poltert Techno durch die Boxen und wir setzen uns in diese tiefen Sessel mit abstrakten Blumenmustern. Sie sieht gut aus. Aber auch wie jemand, der um sein gutes Aussehen weiß, so zweifellos wunderschön. Ich weiß eigentlich nichts über sie und ich stelle mir auch die Frage, ob ich mehr über sie in Erfahrung bringen will, oder ob das hier einfach nur Zeit ist, die angenehm dahinplätschert. Zwei Minuten sagen wir nichts, da ist nichts Dummes, Kluges, Witziges, was mir einfallen will. Wir trinken und schweigen und schauen. Der Kellner ist ein schöner Mann, ich merke, Klara gefällt ihm. Ich tue trotzdem nichts, um mich jetzt zu inszenieren. Ich sitze einfach da und warte. Dann beginnt Klara zu reden. Da ist sie wieder, diese unglaublich weiche Stimme, so durchtränkt von Weiblichkeit und trotzdem mit genau der Nuance Härte in sich, die einem klarmacht, dass man es hier mit einer erfahrenen und intelligenten Person zu tun hat. Sie erzählt zunächst ein wenig von ihrem Eisdielenjob, die Leichtigkeit, den Frohsinn, das kleine Glück zwischendurch, wenn man Kinderaugen strahlen sieht. Aber auch von entnervten Eltern, von Paaren, die sich vor ihren Augen geprügelt haben, von Menschen, die sich vor ihrem Stand zunächst fremd und plötzlich vertraut waren, von den guten Gefühlen, die man haben kann, wenn man einfach nur Leuten ein gefülltes Hörnchen präsentiert.

Zwei Bier später erzählt sie mir ihre kuriosesten Geschichten. Die erste handelt von einer Badewanne voller Herbstlaub, die sie als Kind mit voller Absicht in Brand gesteckt und so ihre Familie gefährdet hat. Niedlich, weil sie ein Kind gewesen ist, aber auch destruktiv, mir Klara als zündelndes Kind vorzustellen. Irgendwie hatte diese Geschichte keine Pointe. Sie war gut erzählt, doch am Ende brannte einfach nur ein Badezimmer aus und eine kleine Schwester kotzte wegen einer Rauchvergiftung. Eine Spur zu tragisch, denke ich, als ich mir Klaras ersten selbst provozierten Feuerwehreinsatz vorstelle. »Aber es roch so großartig«, relativiert die ehemalige Brandstifterin ihr damaliges Tun. »Wie Herbst im Wald, halt nur zu Hause.« Wenn man jemanden kennenlernt, fängt man doch erst mal mit den schönen Dingen an, die einen als Mensch auszeichnen. Dass Klara mit dem Gegenteil anfängt, macht sie nicht minder interessant. Ich lasse sie reden, will nicht skeptisch sein, Klara wirkt auch nicht wie eine Aussätzige, die vom Ausweiden afrikanischer Elefantenbabys auf der letzten Safari erzählt, sondern wie eine eloquente Berichterstatterin aus dem eigenen Leben. Nur eben ohne Pointen. Einfach nah am dran, an diesem Leben.

Wir trinken und rauchen. Sie beginnt eine weitere Geschichte. Als Klara neunzehn gewesen ist, musste sie ihre Eltern von einer Party abholen. Sie hatte gerade erst den Führerschein und war noch nicht so erfahren mit dem Auto ihres Vaters. Ihre Familie wohnte damals sehr ländlich und es war so gegen drei Uhr, tiefste Nacht und fieseste Dunkelheit, als Klara im Scheinwerferkegel einen Igel erkannte. Sie fuhr gerade eine Brücke hinab und bremste sanft ab, so sanft, dass ihre auf der Rückbank schlafenden

Eltern nicht wach wurden. Beide hatten sich heftig alkoholisiert. Klara blieb im Auto sitzen, so ganz geheuer war ihr die Dunkelheit nicht. Der Igel wartete wohl eine Minute vor dem Fahrzeug, bis er seitlich daran vorbeilief. Klara wartete eine weitere Minute, bevor sie langsam anfuhr. Es knackte hinten links und ihr wurde sofort die Sinnlosigkeit ihrer Igelrettung bewusst. Als sie dann ausstieg wurde es traurige Realität. Der Igel hatte sich in die Wärme und den vermeintlichen Schutz des Hinterreifens gesetzt und übrig blieb ein nasser, stacheliger Lappen, der seinen Tod hätte ahnen können, wenn er nicht so tragisch dumm gewesen wäre. Sie trug die Igelreste an den Straßenrand und inszenierte eine kleine Beisetzung der sterblichen Überreste. Dann fuhr sie ihre schlafenden Eltern nach Hause. Ich finde diese Geschichte rührend. Ich bestelle noch zwei Bier, sie reicht mir Zigaretten, gibt mir Feuer, alles ist warm und nah.

Es wird später, die Biere mehren sich, die Distanz wird geringer. Schnaps kommt dazu. Wie etwas, dass die Lockerheit einfach noch mal vergrößern soll, wenn zwei Unbekannte sich begegnen. Die kleinen dickwandigen Gläser stehen auf unserem Tisch herum und wir machen daraus Familienaufstellungen. Irgendwann stellen wir die Gläser, die *wir* sind, nebeneinander und gießen jeweils Schnapsreste von einem ins andere Glas. Nach dieser Vermischung unserer Alkoholika schweigen wir. Dann küssen wir uns. Sehr langsam, ganz ohne Hektik. In absoluter Folgerichtigkeit. Ich zahle, ohne loszulassen, wir rennen los, ohne zu wissen, in welche Richtung es gehen soll. Klara schreit: »Fick mich glücklich.« Leute schauen und lachen und ich habe nicht vor, ihr diesen Wunsch abzuschlagen.

Der erste Sex mit ihr ist eine Offenbarung an Körperlichkeit. Die wohltemperierte, leicht übersteuerte Alkoholisierung tut ihr übriges für den vollkommenen Exzess. Alles in und an uns ist in Bewegung, ist auf dem Weg. Sie bittet mich um Ohrfeigen. Ich teile aus und es klatscht. Sie bittet mich um mehr Ohrfeigen und in ihren Augen glimmt Verlangen nach etwas, was wie Selbstzerstörung aussieht, aber doch nur Geilheit ist. Ich würge, sie röchelt, alles Reflexe, die genau dahin passen. Alles Lust, alles Körper, blanke Willkür. Nassgefickt versinken wir ineinander wie zwei gleichzeitig verwundete Frontsoldaten. Wie zwei übereinanderliegende Steine am Strand. Die Gezeiten können uns mal.

Und auch am nächsten Morgen überkommt uns eine Welle der gegenseitigen Verzückung. Wie etwas aus dem Tierreich, was in unsere Genitalien geflutet kommt, unbekannte Instinkte, zoologische Triebhaftigkeit. Man möchte das Gegenüber essen und ficken und alles am besten gleichzeitig. Es beginnt zunächst wie die Hummel, die auf einer Blüte landet, um dann wie ein mayonnaisefressener Hund zu enden. Am Ende klingt es auch so und meine Stirn klebt an Klaras Stirn, und weil ich es nicht besser weiß, halte ich uns für siamesische Zwillinge, die nur einen verfickten Gedanken denken können. Und dieser Gedanke ist eben der eines streunenden Hundes, der auf einem asphaltierten Gehweg eine Ladung Mayonnaise findet.

Es geht weiter und es wird immer besser. Sexuelle Experimente, Konzerte, Trinkabende, Klara gewinnt mein Vertrauen, das normalerweise nicht mal mehr in der Losbude meiner Gefühle vorrätig ist. Ich weiß nicht, wie sie es schafft, aber sie gleitet immer tiefer in mich. Vor allem auf diese seltsame, emotionale Tour. Ihre Hingabe wird immer drastischer. Sie ist etwas, was man sich nicht wünschen kann, bevor man es hat, weil man nicht weiß, was es ist, aber was man, wenn man es hat, nicht mehr loswerden möchte, weil man dann weiß, wie es ist. Wir sehen uns nun fast täglich und unsere Körper werden immer vertrauter und ich beginne sie wirklich zu vermissen, wenn sie in der Eisdiele steht oder in der Uni ist.

An sowas wie Liebe glaube ich schon lange nicht mehr, doch es ist gut, wenn Klara da ist und nur halbgut, wenn ich nicht weiß, wann genau ich sie wiedersehen werde. Liebe ist doch einfach nur ein schwermütiger Gedanke daran, dass man ab einem bestimmten Zeitpunkt emotional unflexibel wird, wenn man sich mit einem Menschen einlässt, der man selbst nicht ist. Klara bin ich gern unflexibel, fixiert und vorhanden. Es stellt sich so ein klares Gefühl ein, sich zu wünschen, mit ihr nackt inmitten von Büchern und Platten zu hocken und sich abwechselnd vorzulesen, seine Lieblingslieder vorzuspielen und hemmungslos zu ficken. Ich finde mich selbst ein wenig seltsam in dieser Rolle.

An einem Mittwochnachmittag sitzen wir nackt an ihrem Küchentisch. Ich denke mir, es ist an der Zeit, irgendwas zu definieren, also versuche ich einen Gesprächsanfang über die Definition von dem, was gerade zwischen uns passiert. Die Sache, das Ding, ich weiß nicht, wie ich es nennen soll. Ganz sicher nicht *Beziehung*, ein Wort, das immer wie Gefängnis klingt. Klara hat Kaffee gekocht und sucht nun im Kühlschrank nach der Milch. Gerade als ich ansetzen will, einen Satz zu beginnen, in dem ich infrage stellen will, ob Monogamie ein Ausweg aus der Einsamkeit ist oder einfach nur der selbstgefällige Versuch, einen letzten Funken Normalität zu beherbergen, höre ich sie schreien: »Scheiße, scheiße, scheiße, die verfickte Milch.« Sekundenbruchteile später fliegt die Verpackung gegen die Fensterscheibe. Ein dumpfer Knall, weiße Schlieren. Klara schreit immer noch: »Behinderte Mistmilch, stinkt.« Sie ist außer Atem und zittert. Ihre Hände wissen nicht, wohin, ihr ganzer Körper scheint das nicht zu wissen. Ich sehe sie eine Weile auf der Stelle treten, die Milchpackung weiterhin verfluchend. Sie wird etwas leiser. Schweigt dann komplett. Sekunden ticken durch den Raum, ohne, dass sich etwas regt. »Ich geh eben schnell los, neue Milch holen.« Die Lieblichkeit in ihrer Stimme hat nichts mehr mit dem Impulsausbruch von eben zu tun. Sie wischt die Milchreste vom Fenster, vom Fußboden und von der Anrichte, faltet den Karton ordentlich zusammen, bevor sie ihn dem Altpapier überantwortet und geht ins Schlafzimmer. »Brauchst du auch was? Soll ich vielleicht Kuchen mitbringen?« Ich schweige, weil alles so surreal abseits der Normalität stattfindet. Klara kommt im Jogginganzug zurück, steckt sich einen Zehner ein, der auf der Fensterbank liegt. »Willst du jetzt Kuchen?«, fragt sie, immer noch Nervosität in der Stimme, aber über allem liegt diese Undurchdringbarkeit. Bevor ich überhaupt eine entscheidende Beurteilung der Gesamtsituation treffen kann, sagte ich: »Ja, Apfeltasche vom türkischen Bäcker wäre cool.« Als Antwort küsst sie mich und verlässt pfeifend die Wohnung. Ich glaube, sie pfeift den Refrain von Morrisseys »The first of the gang to die«.

Ich sehe sie unten entlanggehen, hüpfend, fröhlich, stimuliert und denke mir, dass man sich über abgelaufene Milch schon gerechtfertigt aufregen kann, wenn man gerade einen schwarzen Kaffee vor sich hat und nicht wie ich, laktoseintolerant ist. Ich entschließe mich dazu, nicht nachzufragen. Gefühle eben, manchmal explodieren sie, einfach so. Klara hat das Potential eines destruktiven Charakters, kann aber ebenso gut konstruktiv sein. Mir fällt ein Zitat von Walter Benjamin ein: »Der destruktive Charakter kennt nur eine Parole: Platz schaffen.« Vielleicht ist sie so ein destruktiver Charakter, aber mit Fröhlichkeit, die man von ihr runterlecken kann, um selbst fröhlich zu werden. Das will ich nicht einfach so aufgeben.

Ich will keine Probleme mehr mit Menschen haben.

Dem Ende meiner Beziehungen hat immer so eine Art Endlosigkeit angehaftet, die mich immer gestresst hat, aber von der ich gewusst habe, dass es sie gibt. Eine zunächst namenlose Angst, die immer irgendwann den Namen der jeweiligen Partnerin gehabt hat. Konsequenterweise habe ich mich also der Liebe entwöhnt und bin doch weiter süchtig geblieben in meinem Bestreben nach Körpern und Zuneigung. Nur eben mit einer gewissen Distanz von der Tiefe, die entstehen kann. Vielleicht, so hatte ich die Hoffnung noch nicht ganz aufgegeben, liegt darin ja immer noch ein mystisch magischer Schimmer, der sich noch mal harmonisch anfühlen kann. *Hope dies last*. Nichts ist gewiss und man hält es trotzdem aus, weil es schön ist. Ich bin wohl so ein unsympathischer Typ geworden, der alles haben will, aber nur ein Minimum Hingabe investieren möchte.

Klara und ich machen einfach so weiter. Sehen uns fast täglich. Und es fühlt sich immer an wie die weltbeste aller Umarmungen. Man kann in sie gleiten, nach Belieben, und man kann auch ohne Beanstandung wieder herausfallen. Aber da wir uns ohnehin nahezu jeden Tag sehen, wird die Umarmung steter und fester.

Ich liege neben Klara und atme ihren zärtlichen Schweiß ein. Diese Sekunden, wenn wir nach dem Sex so da liegen, einfach so, von nichts berührt außer uns selbst und dem Gefühl endlos zu sein, das sind perfekt wegtickende Zeiteinheiten. Da kann ich den ganzen anderen Scheiß vergessen, der so passiert, der auch wegen Klara passiert. Das hier war es doch, was uns beruhigt und uns die Stunden gut macht.

Irgendwo in der Ecke maunzt Brodsky, ihr fetter Perserkater, der zuweilen den Eindruck eines überfütterten Hausschweins macht. Was Klara an ihm nicht mit Liebe und Streicheleinheiten gewährleisten kann, versucht sie mit exklusivem Essen auszugleichen. Sie brät ihm Lachsstreifen oder Hühnerteile in der Pfanne, während er um ihre Sprunggelenke flauscht. Brodsky hat es sich in meiner Unterhose, die am Boden liegt, bequem gemacht und wehklagt theatralisch, wahrscheinlich zum Thema Nahrungsbedarf. Mich wundert, dass Klara nicht sofort aufsteht. Wenn sie ihren Kater nämlich sonst dergestalt lautieren hört, ist sie sofort bei ihm, um, so sanft es geht, mit ihm zu reden. Und ihm dann was zu braten. Obwohl Brodsky ein altersschwaches und daher auch zuweilen motorisch unbeholfenes Tier ist, das gerne mal Küchengerätschaften wie Toaster und Saftpresse zu Boden rauschen lässt, höre ich Klara nie mit ihm schimpfen. Sie entäußert nicht den Hauch einer verbalen Aggression gegenüber dem grobmotorischen Brodsky.

Heute aber ist es anders. Ganz so, als ob die Harmonie, die sich Klara sonst zu versprühen bemüht, gerade Pause macht. Ich denke an die Aktion mit der Milchpackung vor ein paar Wochen. »Alles ok?«, frage ich sie, als sie sich aus meinem Arm entwindet und murrend aus der Bett schält. Die Frage bleibt im Schlafzimmer hängen und Brodsky artikuliert sich verzweifelt. »Ja, geht schon«, höre ich sie emotionslos aus dem Flur sprechen. Es hängen ein paar Kilo unausgesprochene Genervtheit in ihren Stimmbändern. »Halt doch mal die Fresse, Brodsky!«, höre ich sie brüllen. Ich muss etwas tun. Stehe auf und finde sie in der Küche. Dumme Sätze schießen mir haufenweise durch den Kopf und ich richte einen von ihnen an Klara. »Irgendwas ist doch, du hast was.« Klara, die in einem Topf rührt, was ich nicht sehen und nur hören kann, dreht sich langsam um. Sie schaut mich eindringlich an und ich rechne schon damit, dass jetzt die verbale Deutlichkeit kommen würde, so auf die Tour *ich habe nachgedacht, das mit uns, weißt du, das passt irgendwie nicht.* Und Klara sagt: »Ich habe nachgedacht und nachgespürt und all das. Weißt du, das mit uns, das ist total gut und passt *mega* in mein Leben.« Dieses *mega* zog sie so lang, als gäbe es zu viele Vokale auf der Welt. Ich zögere, lächle aber. Überlege. Bin überrascht und orientierungslos. Vielleicht etwas zu lange. Sehe ihren Blick, der sich fragend verdunkelt. Als Antwort umarme ich sie, doch ich merke, dass es in ihr arbeitet und pulsiert. Hart und unerbittlich. Ich glaube, sie bemerkt die Zögerlichkeit und meine Angst vor der ausgesprochenen Ernsthaftigkeit. Sie aber umarmt mich, als wolle sie, dass ich meine Lungenflügel erbreche.

Am Nachmittag sitzen wir beim Bäcker, unweit ihrer Wohnung. Espresso und Kuchen. Wie ein Paar, das bestrebt ist, fett und gemütlich zu werden. Ich kann mir alles vorstellen. Aber ich will nichts zwanghaft erzeugen, was vielleicht von selbst entstehen kann. Es soll sich alles echt anfühlen, so, als ob das, was kommt, einfach einer großen Normalität folgt. Wie eine Welle, die einfach über alles drüberschwappt und in der schon die Magie, die passiert, klar zu erkennen ist.

Klara ist wunderschön, hat ihre langen rotgefärbten Haare hochgebunden, was ihr Gesicht und ihr Lachen sehr gut in Szene setzt. Überhaupt ist sie eine Koryphäe in Sachen Selbstinszenierung. Alles an ihr sieht zufällig gut aus, immer, auch die Jogginghose, die sie jetzt trägt, mit dem ausgeleierten Beastie-Boys-Shirt und den weißen Turnschuhen mit den eingewobenen Glitzerelementen in den Schnürsenkeln.

Die Kellnerin kommt an unseren Tisch. Klara ist noch immer ein bisschen düster drauf, begründet all das mit dem Umstand, schlecht geschlafen zu haben und der Menstruation, die sich nähern würde. Menstruationsschmerz hat mich schon immer interessiert und auch Frauen, die imstande sind, ihn mir zu verbildlichen. »Es ist so ein unglaublicher Druck, wie als wenn man Durchfall hätte, nur an einer anderen Stelle. Ein nicht wegkackbarer Schmerz. Manchmal hat man noch Heftzwecken in der Gebärmutter, an denen die Bilder potentieller Säuglinge ins Fleisch getackert wurden.« Ich muss lachen, doch irgendwie sieht das auch alles nach Verzweiflung aus. Will Klara vielleicht ein Kind? Von mir? Dem möglichen Spaß von heute ins Gesicht kotzen durch einen neuen Menschen, der entstehen könnte? Ich will nicht darüber reden und mache einen dummen Witz über fickende Pandabären. Sie lacht, das tut gut. Es entsteht eine seltsame Distanz, aber Klara lacht, schallend, etwas affektiert vielleicht, aber das Themengebiet Fortpflanzung hatte ich zunächst einmal erfolgreich umschifft. Ich habe keine Ahnung, was in ihr los ist.

Als die Kellnerin an unseren Tisch kommt und abkassieren will, wobei sie ein klassisches Servicelächeln absondert, bemerke ich, wie Klara innerlich zu wackeln beginnt. »Zwölf Euro vierzig«, sagt die Kellnerin zu uns und ich will mein Portemonnaie zücken, um zu zahlen, doch Klara kommt mir zuvor. »Ich zahle, Baby, ich weiß ja um deine Auftragslage.« Sie gibt dem Mädchen 15 Euro und zischt ein »Stimmt so« hinterher und ein fast unhörbares, weggenuscheltes *Fotze*, was aber auch *Fohlen*, *Oslo* oder *Foto* heißen könnte. Ich stelle keine Fragen. Die Kellnerin lächelt unirritiert weiter. Klaras Gesicht verliert seine Farbe und seinen Ausdruck und ich höre, wie ihr Knie rhythmisch von unten gegen die Tisch donnert. Wir sitzen noch zwei Minuten schweigend da, jeder mit seiner Befindlichkeit beschäftigt und vielleicht mit der Gesamtsituation.

Zurück in ihrer Wohnung will sie sofort wieder ficken. Zieht mich an meinem Schwanz durch die Küche, lässt ihre Jogginghose bis zu den Knien herunter und stützt sich auf den Küchentisch. Hält mir ihren Arsch hin, der wie eine reife und polierte Supermarktfrucht glänzt. Ich ficke sie von hinten, zunächst träge, dann etwas wütender. Sie löst sich von mir und wirft sich auf den Boden, schiebt sich ein herumliegendes Kissen unter ihren Arsch und ihre nasse Muschi lässt keine Widerworte zu. Fast wie ein verzweifeltes Tier auf der Flucht vor einem Gewitter überantwortet Klara mir ihren Körper, und ja, es macht mich geil, ihr Ohrfeigen zu geben, sie mit Gegenständen zu penetrieren und sie kreativ verbal zu beleidigen, während ich sie würge. Wir kamen fast gleichzeitig. Sie ein wenig früher. Dann bekommt sie einen Lachanfall, ganz kurz, vielleicht etwa 20 Sekunden lacht sie irre, während ich noch in ihr stecke. Wir trennen uns abrupt, dann geht sie zur Arbeit und ich widme mich meinem Theaterstück.

Ein paar Tage vergehen, weil immer ein paar Tage vergehen. Niemand kann das aufhalten. Da wäre heute wer gewesen, meint sie, jemand am Eisstand, der ihre Telefonnummer haben wollte. »Und?«, frage ich und versuche nicht wie ein eifersüchtiger Idiot zu klingen. Aber auch nicht wie einer, dem es egal ist. Eher so in der Mitte dieser ganzen Gefühle. Ich merke jedoch, dass es mir ein bisschen egal geworden ist. Halte das aber für eine Phase, weil ich in fast all ihren Gesten und Worten die Bedrängnis spüre, endlich ein ernsthaftes, ausgesprochenes und fixes Verhältnis zu haben. Es zu artikulieren, das traue ich mich nicht. Das Gefühl zu Klara gleicht momentan dem des Geschmacks einer Zwischenmahlzeit, die zwar lecker ist, aber von der man auch weiß, dass sie einen niemals satt machen wird und vielleicht sogar ungesund ist. »Hab dem Typen gesagt, er soll sich verpissen, hab ihn mit nem Handtuch ins Gesicht geschlagen.« Klara lacht laut und ich versuche mitzulachen. Es gelingt, aber es fühlt sich falsch an. Sie kuschelt sich wieder halbverzweifelt an mich und riecht nach frischen Pfirsichen. Brodsky maunzt vor einem leeren Essensnapf. Klara küsst mich mit der Aggression einer Hornissenarmee und unsere Körper verschmelzen zu einer homogenen Lustsuppe.

Die Tage plätschern so dahin, wie Klara so dahinplätschert. Dem Flussverlauf der eigenen Nervosität folgen. Wenn ich mit ihr rede, bemerke ich in fast jeder ihrer Aussagen etwas Zwingendes, etwas, mit dem sie mich langfristig an sich binden will. Eine kleine Hysterie, da winzige Panik. Alles soll Zukunft sein und golden, und ich lebe eher so in der Gegenwart und will nicht darüber nachdenken, wie eine mögliche gemeinsame Wohnung und eventuelle Kinder aussehen würden. Ich will eine gute Zeit mit ihr haben, eine Zeit mit ungewissem Ausgang, doch genau das traue ich mich nicht mehr in ihrer Anwesenheit zu artikulieren, da Klara immer sehr ergebnisorientiert argumentiert. »Weißt du, wenn ich mit dem Studium fertig bin, dann werde ich einen Job haben, der uns beide ernährt. Du kannst daheim bleiben und Kunst machen, und ich bringe die Kohle nach Hause, für uns.« Dabei ergreift sie zumeist meine Hände, um die Ernsthaftigkeit ihres Vorhabens zu unterstreichen. »Und vielleicht machen wir dann in Zukunft, wenn wir richtig viel Kohle haben, auch eine Eisdiele auf, in der wir aber selbst nicht arbeiten, sondern wofür wir uns coole Angestellte holen, und dieser Eisladen wird dann das Symbol unserer Liebe sein. Und wir beide werden da vorbei gehen und uns darüber freuen, dass wir immer noch zusammen sind und erst am Eis und dann an uns lecken und uns wird für immer alles egal sein und bleiben, weil wir uns sicher sind, dass wir für immer an der Seite des anderen sein werden. Bis einer stirbt.« Solche Monologe hält Klara zuweilen. Erschreckender Inhalt, aber wenn ihr Kopf, während sie all das sagt, langsam von meiner Brust abwärts gleitet und sie mich bei jedem Komma irgendwo küsst, bereits meinen Schwanz in der Hand hält und diesem dann den Rest ihrer irrwitzigen Ausführungen überantwortet, dann fehlen mir einfach die Gegenargumente.

Zwei Tage später sind wir mit Freunden von ihr in einer Jazzkneipe verabredet. Dort spielt ein Trio, bestehend aus einem Schlagzeuger, der sein Instrument eher streichelt, als es zu benutzen, einem Kontrabassisten, der jeden seiner Töne mit einer Grimasse unterstützt, die Anstrengung bei der Darmentleerung suggeriert, und einem Pianisten mit einer Fingeranzahl, die deutlich über dem anatomischen Durchschnitt der Normalbevölkerung zu liegen scheint. Sie versuchen, leise zu spielen, was ihnen gelingt. Milde Zärtlichkeit. Der ganze Raum ist voller Töne, unschöne und schöne und woran ich mich nie gewöhne: Gespräche über Freejazz.

Klaras Freunde sind Studenten aus der Uni, ebenfalls sowas wie ein Paar, aber ich werde aus ihren Gesprächen nicht ganz schlau. Die beiden werden mit als Bettina und Hans vorgestellt. Ich schweige sehr lange zu studentischen Fachthemen und lehne mich in die knirschende Lederbank zurück. Ich sehe Klara wild gestikulieren und schnell und affektiert sprechen. In den letzten Tagen haben wir uns immer nur sehr kurz gesehen, weil wir beide viel zu tun hatten. Sie in der Uni und in der Eisdiele, ich habe versucht, das Theaterstück nach vorne zu bringen. Ich bin gerade in einer Phase, die entscheidend für das Projekt zu sein scheint. Alle Figuren definiert, die meisten Texte sind fertig und ich bin dabei, an der Dramaturgie zu feilen. Ich will etwas erschaffen, das sich als popkulturell relevant darstellt. Die Eisdiele als Schmelztiegel der Schmerzereignisse der Gesellschaft. Alles tut weh, aber wenn es Eis dazu gibt, ist es nicht mehr ganz so schlimm. Genau diese Themen will ich besprechen. Ich steige ein bisschen aus dem Dialog der drei aus und denke an eine imaginäre Premierenfeier. Meine Begleitung ist nicht Klara. Ich bin allein und trage einen goldenen Anzug und blaue Schuhe. Meine Dankesrede rührt nicht nur mich selbst zu Tränen. Ich bin glücklich. Am Ende der Veranstaltung verhalte ich mich wie ein Hund, der Mayonnaise vom Asphalt schlabbert. Einfach so, weil es geht und ich ein Heliumballon bin.

Die Musik gniedelt durch die Bar, während wir uns mit Bieren und Schnäpsen in einer etwas abgelegeneren Ecke des Etablissements vergnügen. Außer uns sind noch ungefähr sieben andere Gäste da, die alle konzentriert der Band lauschen, während unsere Gruppe von Getränk zu Getränk immer lauter wird. Alles ist aus Holz und rustikal und die Menschen tragen lustige Wollmützen. Und schunkeln im Takt, der sich nicht immer als solcher zu erkennen gibt. Aus dem Augenwinkel sehe ich den Barmann, der sich mit seinem Blick Richtung unserer Gruppe wendet und einen Zeigefinger vor die Lippen hält. Ich scheine der einzige zu sein, der diese Kritik an unserer gruppendynamischen Lautstärke bemerkt hat. Dann setzt er sich wieder gemütlich auf seinen Barhocker und schwingt im Takt der Musik seinen Körper, der in einem komplett gehäkelten Outfit zu stecken scheint. Selbst seine Schuhe sehen aus, als wären sie aus Wolle.

Klaras männlicher Bekannter ist gerade in einem Vortrag über *soziologischen Mainstream*, wie er es nennt, und modifiziert seine Stimme dergestalt, wie er sich die hilflos sprechenden Hipster vorstellt. Er hat kein schauspielerisches Talent. Ich sage: »Leute, geht das bitte 'ne Runde leiser, ich glaube, die anderen hier fühlen sich gestört, hier läuft ja noch Musik und so …« Ich will noch mehr sagen und Hans und Bettina greifen nach meinem Einwand kurz zu ihren Gläsern, doch Klara schaut mich mit einer kalten Aggression an, die mir Angst macht. »Ich werde hier so laut sein, wie ich will«, brüllt sie, halb zu mir gewandt, halb in den Raum geneigt, und als Antwort ertönt ein mehrstimmiges Räuspern aus dem Saal. Jazzfreunde artikulieren so wohl ihr Unbehagen, unpassende Aggressoren betreffend. Einfach jemanden anräuspern, der Konflikt wird sich schon erledigen. Ich will Klara besänftigen, aber sie schreit weiter. »Die Musik ist eh scheiße. Verdammte Kacke, was soll das?« Und dann brüllt sie mir ins Gesicht: »Warum lässt du dir das gefallen, wenn Leute dir den Mund verbieten?« Ich bemerke sofort, dass eine differenzierte Argumentation zum Thema Respekt in der Atmosphäre zwischen uns verwelkt wie ein ungegossener Blumenstrauß auf der Onkologie-Station in Duisburg-Nord. Klara boxt mich auf den Arm. »Ach komm, lass uns feiern, ist doch egal, was die anderen davon halten.« Ich bemerke an ihren Augen und an ihrer Artikulation: In ihr rotiert der Alkohol. Und eine Spur Wahnsinn. Ich versuche, ihrem zwingenden Blick auszuweichen. Ihre Hand mit meiner zu umschließen. Nichts gelingt. Klara steht auf und beginnt zu einer Musik zu tanzen, die sie augenscheinlich hasst. Ihre Augen irren durch den Raum, finden an nichts Halt. Ihre Freunde schweigen. Denken wahrscheinlich, das ist eine Phase, eine kurze Phase, gleich ist wieder alles vorbei und wir können mit unserem Umfeld friedlich weiter koexistieren. Aber es ist diese Art von Hoffnung, die sich beim Blick in Klaras Augen vielmehr wie eine abstrakte Ohnmacht anfühlt.

Klara schreit ein paar Unflätigkeiten durch den Raum. »Ihr verkackten Wixer seid doch alle nicht imstande, ein Leben zu haben. Versteckt euch hier in dieser Kacksaufbude und hört diese Scheißmusik. Spielt doch mal was Gescheites, ihr Jazzfotzen!« Der Typ an der Bar hat sich von seinem Hocker erhoben. Funkelt uns nun böse an, der Häkelmann. Sein Mützchen ist ihm in die Stirn gerutscht und obwohl uns mehr als fünf Meter trennen, kann ich seinen Schweiß riechen. »Ruhe da oder raus hier!«, brüllt er. Er meint es ernst, aber trotzdem ist in seiner Ansprache eine väterliche Freundlichkeit zu erkennen. Nach seiner harten Ansprache räuspert er sich, wahrscheinlich muss er nicht so oft schreien. Zwei andere Gäste drehen sich zu uns um. Die Band spielt unbeeindruckt weiter. Klara nimmt einen großen Schluck aus ihrem Glas, was sie genau bestellt hat, weiß ich gar nicht mehr. Auf jeden Fall keine Limonade. Langsam geht sie auf den Mann mit der Häkelmütze zu, der gerade wieder im arrhythmischen Jazzgewippe seinen Frieden sucht. Er sieht sie nicht kommen. »Hör auf, mich und meine Freunde zu bedrohen, du Arschloch.« Klara signalisiert mit jedem ihrer 170 Zentimeter Körpergröße absolute Kampfbereitschaft. Der Typ bleibt sitzen auf seinem Hocker, selbst als Klara direkt vor ihm steht, ist er immer noch einen Kopf größer als sie. »Mach mal keinen Ärger, Mädchen, hier wollen Leute Musik hören.« Seine Stimme ist ruhig, aber genau diese deeskalierende Ruhe verwandelt Klara in eine Furie. »Musik, das ist doch keine Musik, du Penner.« »Ruhe oder raus«, höre ich den Barmann laut und klar sagen, während er an Klara vorbei zu unserem Tisch herüberschaut. Vielleicht hilfesuchend, weil ich nicht sehen kann, mit welchem ihrer Blicke Klara ihn ansieht.

Impulsgesteuert entscheide ich mich aufzustehen, den genauen Grund kenne ich nicht, vielleicht ein ganz innenliegendes Harmoniebedürfnis und die Hoffnung, dass Klara doch noch mal die Kurve kriegt in dieser Nacht, dass nicht alles durch diese kompromisslose Aggression verhandelt wird, die tief in ihr verwurzelt zu sein scheint. »Hey, komm doch zurück an den Tisch«, bitte ich sie und lege ihr eine Hand auf den Arsch. Sie blickt mich an, eher überrascht, mit leicht nassen Kinderaugen sieht sie tief in mich. Sie hat wieder dieses Eisdielengesicht, diese Unbeschwertheit, dieses leicht Infantile und diese unbändige Schönheit, die ich von Anfang an bewundert habe. »Liebst du mich?«, fragt sie und beginnt zu weinen. Reflexartig und schnell ziehe ich sie in eine Umarmung und flüstere ihr ins Ohr, alles würde gut. Aber ich zweifle daran, weil ich nicht weiß, was überhaupt *alles* und was überhaupt *gut* ist. Für einen Moment ist alles wieder so wie es sein könnte, wenn es eben diese Definition von *alles gut* wirklich gäbe.

Während Kontrabass, Schlagzeug und Klavier nicht einmal mehr versuchen, sich auf Tonlage und Harmonie zu einigen, dreht sich Klara aus meiner Umarmung heraus, ergreift ein zufällig platziertes Glas und zerschlägt es auf der Holzkante des Tresens. Kleine, hohe Pianotöne fallen auf den Holzboden. Sie greift, während das Schlagzeug versucht, den Takt der Welt wieder herzustellen, in diesen

Scherbenhaufen und wirft, was sie zu fassen bekommt auf den Wirt, der schockiert unbeteiligt, aber in den Bass hineingelehnt einfach nur da steht. Klara geht auf ihn zu und versucht, ihm mit Schlägen und Tritten irgendeine Reaktion abzunötigen. Ein Besen wird über die Snare gerieben, wie wenn man etwas über etwas reibt, das man liebt und auf jeden Fall unbeschadet lassen möchte. Seine Häkelmütze ist dem Wirt derweil etwas ins Gesicht gerutscht und er korrigiert ihre Position in einer gesten- und mimiklosen Selbstverständlichkeit. Ich weiche einen Schritt zurück, der Bass boxt in meinen Magen und ich frage mich, ob die Musik die ganze Zeit schon so laut war. »Lasst doch mal die Gewalt sein, Leute«, sagt dann eine verrauchte Stimme vom anderen Ende des Tresens, deren Inhaber dann näher kommt und entsprechend seiner Worte Klara eine derbe Ohrfeige verabreicht, woraufhin Klara mit dem letzten Hauch einer Bassdrum zu Boden geht. Die Musik hört auf, endlich hört die Musik auf, und dann fängt die Musik wieder an. Unbeteiligt von den Geschehnissen spielt die Band ihr virtuoses Set an die posterbehangenen Wände des kleinen Konzertsaals. Winzige Pianotöne. Bass im Bauch. Scherben und Schläge.

Klara erhebt sich vom Boden, taumelt wie ein bereits angezählter Boxer und sucht mit tränennassen Augen ihren Aggressor. Stürmt auf ihn los, aber der Mann hat den Angriff kommen sehen und lässt Klaras Wut ins Leere verpuffen, indem er ihr einfach ausweicht. Ein Schlagzeugsolo, das nur aus Becken und Bassdrum zu bestehen scheint. Die Zärtlichkeit und die Härte und alles wird mit dem brutalen Besen der Realität zu etwas angerührt, von dem man nicht weiß, ob man es in den Mund nehmen möchte, wenn es fertig ist. Der Angegriffene packt Klara am Nacken, wie ein Kaninchen, das man mit dem Willen, es umzubringen, aus der Wärme seines Stalles zieht, und schleift sie zielgerichtet zum Ausgang.

Ich bin einfach mitgelaufen.

Die fremde Freundin im Griff der Bestie.

Augenblicke unter Straßenlaternenlicht.

Die Halbbesoffenheit von jedem ist eine Kollektivbesoffenheit für alle.

Bassgemurmel und Magensausen.

Schreie. Autobremsen. Eine U-Bahn rattert vorbei.

Die Musik nur noch ein Schatten.

Die Draußenwelt ist voller Feinde.

Jazz, Jazz, Jazz. Ein Hund hustet.

Irgendein Wind weht, einfach so, wischt dir Haare aus der Stirn und verschwindet in Belanglosigkeit.

Etwas zerbricht.

Die Nervosität haust in allen Leibern.

Wie es weitergeht?

Wie es endet?

Der Schatten einiger froher Akkorde weht durch die Tür. Sie schwingt.

Der Wirt, begleitet von zwei bärtigen Männern mit mittelschwerer Wut in den Augen, stolpert auf die Straße. Auch er ist scheinbar betrunken. Alle sehen im Straßenlaternenlicht irgendwie ungesund aus. Die Musik ist nur noch ein mildes Rauschen. Klara steht da, während sie von einem Halbkreis betrunkener Männer eingekesselt wird. Auch Hans und Bettina sind da und stehen neben mir, außerhalb des Kreises der Bedrohung. Bettina geht dann auf Klara zu. Sagt: »Komm, komm, ist gut.« Noch etwas hinterher, was ich nicht verstehe, etwas, was Trost spenden soll. Klingt wie etwas, was man heuchelt, wenn man nicht weiß, wie oder ob es weitergeht. Dass Menschen immer was zueinander sagen müssen, ich glaube, das ist auch mit ein Grund für ständige Eskalation. Ich schweige so leise wie möglich.

Und ich kenne schon Klaras Antwort, bevor sie irgendwas artikuliert. Eine Kombination schallender Backpfeifen landet in Bettinas hübschem Gesicht, die wird von ihrem schwingenden Babyspeck abgefedert. Bettinas Blick ist voller Unfassbarkeit. Sie taumelt zurück zu uns. Klaras bösester Blick begleitet sie in unsere Reihen.

Jazz ist tot. Nach dem Schlag erst mal totale Stille. Muckslosigkeit. Nicht ein einziges Zittergeräusch, nicht mal Rascheln, nicht mal Wind, nicht mal gar nichts. Geräuschleere. Hat die Band aufgehört?

Nein, plötzlich wieder schräges Klavier. Der Wirt sagt, wir sollen verschwinden, ansonsten würde er die Polizei verständigen. Ich verstehe ihn nicht genau, aber das Wort

Polizei spricht er maximal deutlich aus. Einer seiner bärtigen Begleiter versucht, die Situation zu deeskalieren. »Nein, keine Bullen, Jazz braucht keine Staatsgewalt.« Alle anderen bärtigen Wollmützen, die draußen stehen, nicken nahezu synchron.

Daraufhin rennt Klara los, direkt durch alle Umstehenden, kein Blick für irgendwen, direkt wieder in die Kneipe, ins Zentrum der nonverbalen Kommunikationsstörung. Ich bin überrascht, wie viel Power in ihr steckt, auch wenn über 90 Prozent davon negativer Natur sind. Sie ist irgendwie nicht mehr in sich zu Hause, ich weiß nicht, wie ich ihr erklären soll, dass sie jetzt maßlos übertrieben hat. Ich war ja ohnehin auf dem Weg von ihr weg, ganz sanft und immer mit dem Blick zurück, ob nicht vielleicht doch noch ein Gefühl auftaucht, das alles ändert. Ein Gefühl, das von sich behauptet, das realste der Welt zu sein. Pure Reinheit. Die absolute Zweifellosigkeit in Sachen Liebe. Aber da ist so viel Negatives in Klara, was ich einfach nicht mehr ignorieren kann. Ich registriere, wie mich eine Angst gefangen nimmt, die Angst, Klara klar von meiner Abneigung gegen ihre Gewalt zu erzählen. Es bricht aus ihr heraus und ich glaube, es ist leicht, ihr nächstes Opfer zu werden. Davon möchte ich absehen, aber ich will heute Abend kein klärendes Gespräch mehr mit ihr führen.

Alle folgen ihr. Wie in einem schlechten Slapstick-Movie. Klara geht vor, alle kommen mit. Als ich die Kneipe wieder betrete, sehe ich, wie Klara angefangen hat, die Inneneinrichtung zu demolieren, während die Kapelle dazu unermüdlich schleppend scheppert. Diese Musiker sind entweder blind und taub oder so in ihrer Musik gefangen, dass sie nichts von ihrer Umgebung registrieren. Planlos und in Zeitlupe rempelt Klara Dinge an oder zerdeppert Glas auf dem Fußboden. Alles, was nicht irgendwo festgemacht ist, liegt irgendwann am Boden. Der Wirt schreit, Klara ignoriert ihn. Sie wirft mit Gläsern und anderen herumstehenden Gegenständen um sich. Fast so, als würde sie zu einem unhörbaren Lied tanzen. Zu der Musik, die man hört, kann man nicht tanzen. Unmöglich. Sie wirkt schon etwas mutlos, ganz so, als ob sie die Rolle der Gewalttäterin langsam überstrapaziert hätte. Klara wirft derweil einen Kerzenständer zu Boden, auf dem drei rote Langkerzen befestigt sind. Die Flammen erlöschen noch während des Flugs. Der Wirt schreit, die Band spielt, Klara tanzt.

Kerzenwachs auf ihrem schönen Oberarm.

Bassgepolter und Klavierfetzen.

Ein Barhocker geht zu Boden, warum auch nicht. Barhocker sind nur so hoch, um den tiefen Fall, den man von ihnen erleben kann, schon im Vorfeld zu symbolisieren. Überall lauert Gefahr.

Das Schlagzeug zittert einen Unbeat, der klingt, als würde man 17.000 Rennpferde in der langsamsten aller Zeitlupen über eine Asphaltstraße jagen, zwischendurch Schüsse aus stotternden Maschinengewehren.

Klara wirft Gläser an die Wand. Im Takt der Musik. Sie spuckt und schreit und zetert.

Der *Kontra*bass wird nie ein *Pro*bass werden, er wird immer dagegen sein. Sanft murmelt er in fremden Sprachen.

Dann setzt sie sich auf einen Stuhl und weint.

Weint so hilflos, herzerweichend, kleinkindlich – ich denke, ich muss jetzt sofort zu ihr. Vielleicht kann ich sie beruhigen. Ich weiß aber nicht, was ich machen soll, und stehe neben diesem Stuhl, darauf die endlos heulende Klara, die an den Händen und an den Armen blutet. Ich traue mich nicht, sie anzufassen. Ich flüstere ihren Namen. Sie weint weiter. Ist ganz tief in ihrer Trauer versackt, im Schlamm ihrer erschöpften Existenz. Ich versuche noch mal sanft in diese Tränenszenerie einzudringen. Erfolglos. »Jetzt alle raus hier, ihr alle und die Adresse von der Frau wegen Versicherung und alles«, schreit der Wirt, der trotz seiner Lautstärke immer noch passiv und nett wirkt.

»Wir müssen los«, sage ich und bilde mir immer noch ein, Klara erreichen zu können. Als ich ihr einen leichten Impuls gebe und versuche, sie am Arm hochzuziehen, gibt sie mir eine Ohrfeige. Und zwar mit einer derart mit Hass aufgeladenen Heftigkeit, dass ich schreiend nach hinten taumle und mir meine Wange halte. Hans und Bettina kommen zu mir, während Klara sich wieder in die Mitte des Raumes auf den Stuhl setzt und ein paar Spuckefäden sanft auf den Holzboden laufen lässt. Vielleicht entspannt sie das. Ich habe keine Ahnung mehr. Hans zieht mich nach draußen. »Ey, so hab ich sie ja noch nie erlebt, die Klara geht ja echt ab heute. Hat sie sich was reingepfiffen, oder was?« Ich mag Hans nicht und zucke mit den Schultern. Bettina fragt, wer sie denn jetzt nach Hause bringt und schaut mich dabei eindringlich an. So, als ob klar wäre, es läge in meiner Verantwortung, dass Klara wohlbehalten an einen sicheren Ort kommt. Bettina geht dann wieder rein. Ich stehe draußen, Bettina will dem Wirt ihre Telefonnummer geben. Der Wirt schreit.

Den unbedingten Willen in sich zu beherbergen, mit Baseballschlägern auf Wassermelonen einzudreschen. Zuvor hat man lachende Gesichter draufgemalt.

Im Keller ficken Menschen.

Die Luft fühlt sich manchmal an, als würden Teile von ihr meine Lungen zerschneiden.

Die Bassline ballert hart.

Taxis verschlucken Menschen.

Ein paar Eindrücke der Stadt.

Klara.

Ich habe nicht sofort eine Antwort. Eigentlich nicht nur nicht sofort nicht, sondern nicht mal irgendeine geringe Aussicht auf eine mögliche Antwort. Ich will nur noch weg. Klara kommt aus der Bar und gesellt sich zu unserer Gruppe. Bettina im Schlepptau, die selbstzufrieden lächelt. *Gesellen* ist wirklich das absolut korrekte Wort dafür. Sie tapst fröhlich unbeschwert herum, so als hätte es die letzte halbe Stunde der Eskalation nicht gegeben.

Tabletten vergessen.

Kinder aus Kamerun.

Das Elend der Welt.

Alles kompliziert.

Keine Komplizen.

Keine Komplimente.

Affektiertes Pack.

Mangosorbet.

Gesamtscheiße.

Grundschule.

Schuld.

Fotze. Fohlen. Oslo. Fotze. Fotze.

Und meine Liebe ist ein Dinosaurier.

Nicht groß, aber ausgestorben.

Sie flüstert Dinge in mein Ohr, die ich nicht verstehe. Aber ihre Umarmung ist fest.

»Wir haben da alles geklärt, was machen wir jetzt?«, fragt Klara, und Hans und Bettina stehen fast so ratlos da wie ich. Nicht ganz, denn Bettina sagt: »Weitersaufen.« Ich halte das für keine gute Idee, aber da sind die Mädels schon in einem Späti verschwunden und ich gucke Hans an und denke *Arschloch*. Er wahrscheinlich auch.

Bettina und Klara kommen zurück und sind aufgedreht

wie Dreizehnjährige auf Klassenfahrt. Jede von ihnen trägt eine rote Plastiktüte mit Bierflaschen. Es klimpert. Wir stehen also jetzt vor der Jazzkneipe und trinken Bier. Geräusche summieren sich. Drinnen und draußen vermischen sich. Klara greift meine Hand, ich bemerke, sie sucht Sicherheit, aber ich bin gerade selbst sehr unsicher. Nicht mehr die größte Lust hier zu sein mit meiner aggressiven Freundin und ihren passiven Begleitern, die scheinbar alles normal finden. Hans schlägt vor, ein paar Meter zu laufen. In Richtung Park, wo Ruhe ist. Schweigend laufen wir, während Klara meine Hand und eine Flasche Bier festhält, die Plastiktüte hat sie sich um ihr Handgelenk geschnallt. Vor uns laufen Bettina und Hans und tun so, als ob die Welt ein guter Ort wäre.

Es wird dunkler, der Park beginnt hier und verschluckt uns. Ein kleiner leuchtender Punkt da hinten, der sich nach fünf Sekunden als Radfahrer herausstellt. Seine Konturen kommen näher. Ich merke, wie Klara zittert und dann rutscht ihr die Plastiktüte mit dem Bier vom Handgelenk, wahrscheinlich wegen des Gewichts. Klara holt aus und schleudert dem entgegenkommenden Radfahrer ihre halb ausgetrunkene Flasche Bier dahin, wo ich im Dunkeln seinen Kopf vermute. Die Flasche fliegt vorbei, aber der Radfahrer stürzt unmittelbar neben uns ins Gebüsch. Hans schreit Unverständliches. Bettina erstarrt. Klara lacht. Ich stehe daneben und weiß nicht wirklich, was ich jetzt machen soll. Intuitiv laufe ich zum am Wegesrand liegenden Radfahrer.

»Hau ab, du Wichser.« Scheinbar denkt er, ich wäre sein Angreifer. Schnell aber merkt er, dass ich ihm helfen will. Hinter mir höre ich eine weibliche Person weinen, weiß aber nicht, ob es Klara oder Bettina ist und Hans irgendwas murmeln. Dann höre ich schnelle Schritte, ich denke, jemand holt Hilfe. »Sorry, meine Freundin ist total ausgerastet und hat wohl in ihrem Wahnsinn versucht, dich mit einer Flasche Bier auszuknocken«, ist wohl einer der dümmsten und peinlichsten Sätze, den jemals jemand sagen kann, aber ich sage ihn trotzdem und zum Glück glaubt mir der Radfahrer. Ich reiche ihm die Hand. Helfe ihm beim Aufstehen. Am Unterarm hat er eine blutende Wunde und seine Hose ist an den Knien durchgescheuert, was aber auch modisch bedingt sein könnte und vielleicht schon vorher so war. Sein Fahrrad liegt direkt neben ihm, weißt am Lenker eine abstrakte Verbogenheit auf. Er kann stehen und kann laufen und humpelt auf die verbleibenden beiden zu. »Wo ist Klara?«, frage ich Hans. »Weggerannt«, sagt der nur kurz und verfällt dann wieder in dieses abstrakte Gemurmel. Bettina zuckt mit den Schultern. »Sie hat nicht gesagt, wo sie hin will.«

Ich versuche dem Radfahrer Klaras Situation zu erklären, lüge ein bisschen, übertreibe ein wenig, stelle sie als Psychopathin dar, die auf jeden Fall demnächst Betreuung bekommt und vor allem auch braucht. Dies ist nach den Geschehnissen dieser Nacht wohl ziemlich nah an der Wahrheit. Ich will jetzt nicht auch noch der Polizei diese ganze Scheiße erklären müssen. Glücklicherweise ist der Radfahrer ein sanftmütiger Mann und nimmt auch die 50 Euro, die ich ihm für die Reparatur seines Drahtesels zur Verfügung stelle, dankend an. Theatralisch humpelnd verzieht er sich ein paar Minuten später in die Dunkelheit, sein klapperndes Fahrrad, das wahrscheinlich bereits vor dem Unfall einen geringen Wert hatte, neben sich herschiebend.

»Wir müssen auch mal los«, sagt Bettina dann, etwas leise zwar, aber dennoch hörbar. »Und sie ist einfach so weg?«, frage ich, und Hans nickt. Ich weiche seinem allzu tragischen Blick aus und sehe an seinem und Bettinas Gesicht, dass ich nicht der einzige bin, den dieser Abend und Klaras Verhalten derbe verstört hat. Ob ich sie anrufen soll? Ok, Offensive. Ich wähle ihre Nummer, es klingelt, aber sie meldet sich nicht. Ich wiederhole diesen Vorgang ungefähr sieben Mal, während ich schweigend mit Hans und Bettina zur U-Bahn-Station laufe. Hans murmelt irgendwas, wohl ein Beitrag zur Verworrenheit der Situation, die uns alle ganz schön mitgenommen hat. *Blablabla, Arschloch.*

Die beiden gehen in den U-Bahn-Schacht hinunter, ich verabschiede sie, will noch ein wenig laufen. Einfach so, um zu verstehen, alleine zu verstehen, was hier heute eigentlich passiert ist. Ich schaue auf mein Handy, kein Rückruf. Ich mache mir Sorgen. Klara ist heute eine unberechenbare Wutmaschine, die man in diesem Zustand eigentlich nicht auf andere Menschen loslassen sollte. Ich frage mich trotzdem, was in ihr los ist, warum sie so ist, warum sie in Kauf nimmt, jemanden zu töten, warum diese verfickte Aggression in ihr immer mehr geworden ist. Was zur Hölle beunruhigt sie so sehr, dass nichts mehr zu helfen scheint?

Während ich so laufe, überlege ich mir, wie es weitergehen soll. Ich weiß: Klara braucht Hilfe, mindestens eine Therapie, und ich frage mich, ob ich ein Arschloch bin, wenn ich das nicht mit ihr durchstehen möchte, sondern lieber vorher gehe. Die Antwort bleibt offen, aber die Tendenz, sich kilometerweit von ihr zu entfernen, ist unbestritten vorhanden. Und auch ein bisschen Angst ist da, Angst vor ihrer Unberechenbarkeit. Ob sie mich dann hassen wird und ihr Vernichtungswille, den sie heute präsentiert hat, auf mich umschlagen wird?

Ich weiß nicht, wie spät es ist. Schaue auf mein Handy. Zwei Uhr vierunddreißig. Keine Anrufe, keine Nachrichten. Ich bin jetzt fast zu Hause. Auf den Straßen ist noch einiges los. Menschen stehen und tanzen vor den Clubs, Fressbuden und Spätis. Alles so schön ausgelassen, alles so schön friedlich. So unkompliziert. So ist der Mensch wohl gemeint. Besoffen, spät dran und überaus niedlich. Ich schaue in die Gesichter der anonymen Feiergesellschaft. Alle lachen zurück. Das Leben kann so unkompliziert sein. Ich frage mich, warum mein Leben nicht unkompliziert ist, warum es auch niemals unkompliziert war. Ich vermute, eine Therapie würde helfen. Ich habe schon mal eine gemacht, nach einer Trennung, die ich nicht zu akzeptieren imstande war. Der Therapeut war ein ruhiger, dicklicher Mann, dem ich mein Leben erzählte und meine Sehnsüchte und meine Probleme. Ich lud einfach alles bei ihm ab, was ich nicht mehr haben wollte: Angst, Trauer, Scheiße, Scheiße, Doppelscheiße, den ganzen Haufen Müll in mir. Und er bot mir Strategien an, die ganzen verkackten Emotionen zu ordnen. Jetzt muss ich gerade an ihn denken, wie er auf seinem Sessel thronte, zwischen zwei leicht vernachlässigten Yucca-Palmen, einen Notizblock in der Hand, auf dem er akribisch meine Befindlichkeiten notierte und alle paar Wochen mal ein paar zusammenfassende Erkenntnisse preisgab. Er würde jetzt wohl sowas sagen wie: »Diese Frau tut Ihnen nicht gut. Weil Sie bereits jetzt Angst vor ihr haben, sollten Sie darauf reagieren. Sie haben viel versucht, das Verhalten Ihrer Freundin hat sich ständig verschlechtert. Was Sie auch tun, Sie werden ihr nie gerecht werden, weil Sie diejenige ist mit den Auffälligkeiten in dieser Verbindung, Sie selbst versuchen ja nur, ihr Verhalten abzufedern und es auszuhalten. Kennen Sie Ihr Maß, kennen Sie es? Ja, ich erkenne ein Muster, erkennen Sie es auch? Ihr Psychomagnetismus, weil Sie nicht ganz klar mit sich selbst umgehen? Sie grenzen sich eindeutig ab von Ihrem Unbehagen. Das sollte Ihr Therapieziel sein, diese Anziehungskraft von Verrückten abzuschütteln.« Er würde grinsen, ich würde dumm gucken und nachdenklich werden, mich in mir selbst verlaufen und froh sein, dass die Krankenkasse dieses Gespräch finanziert.

Ich bleibe an diesem Späti stehen, habe gesteigerte Lust auf ein Bier. Eins noch, bevor ich schlafen gehe und die ganze Nacht vergessen möchte. Nicht die Menschen darin, ja, Hans vielleicht, aber sonst einfach nur, was passiert ist. Ich spüre intensive Erschöpfung. Ich nehme mir ein Heineken aus dem Kühlschrank, zahle, verlasse den Späti und setze mich draußen auf eine Bank. Betrachte Vorbeischlendernde. Es gibt so viele unglaubliche Menschen, in die man sich verlieben kann. Ich weiß nicht warum, aber ich kaufe dem pakistanischen Rosenverkäufer eine seiner trockenen Pflanzen ab und nehme mir vor, sie irgendwem zu schenken. Noch in dieser Nacht. Wem auch immer, irgendwer wird sie schon verdient haben.

Ich komme mit einer Frau ins Gespräch. Ziemlich jung. Sie spricht langsam, bedächtig und leise, außerdem gehaltvoll. Sie hat eine auffällige Narbe im Gesicht und erzählt charmant von einem Skiurlaub, den sie als Kind hatte, in dem sie sich in das Maskottchen des Skiclubs, einen Pinguin, verliebt hätte. Sie habe sich diesen dann als Kuscheltier besorgt. Zu diesem Pinguin gäbe es auch ein Lied. Sie singt, ich höre zu. Wir holen uns weitere Biere, später noch eine Flasche Pfeffi. Alles fühlt sich echt und unkompliziert an. Von Klara erwähne ich kein Wort, irgendwann vergesse ich ihre Existenz und die Frau und ich werden eine Einheit aus besoffenen Gesprächsfetzen und stolpernden Annäherungsversuchen. In ihrem Dorf, so sagt sie, sei sie die Discofox-Königin, ob ich jetzt und hier mit ihr ein Tänzchen wagen wollen würde. Ich sage zu, wir sind beide betrunken und tanzen zu DJ Bobo ganz unironisch vor einem Späti. Weitere Paare reihen sich ein.

Der Moment ist gut, jetzt könnte ich sie küssen, aber was würde das schon verändern? Es wäre wieder irgendwas. *Enjoy the moment* und so weiter. Der Therapeut in mir meint, ich solle Zeit vergehen lassen. Ich weiß, dass er Recht hat. Ich löse mich aus ihren geschmeidigen, weichen Tanzarmen, schenke ihr die Rose und wir tauschen Nummern aus. Martha ist ein schöner Name, sage ich, und sie küsst mich ganz kurz auf den Mund. »Bis bald«, sage ich und drehe mich um. Ich lobe mich für meine Weitsicht.

Ich betrete den Hausflur. Schaue auf mein Handy. Nichts von Klara. Schweigen. Das Licht geht per Bewegungsmelder an und jemand sitzt vor meiner Tür und zunächst denke ich, es ist dieser hässliche Hund des Nachbarn, aber dann sehe ich, es ist Klara, die hier im Schneidersitz vor meiner Haustür eingeschlafen ist. Ich kann ihr Gesicht nicht sehen, aber ich spüre auch, dass ich das nicht will. Überlege, sie zu wecken, aber wozu? Was haben wir in dieser Nacht noch zu besprechen? Ich entferne mich aus dem Hausflur, stehe wieder auf der Straße. Ist das eine gute Entscheidung? Ist es dumm oder sogar moralisch verwerflich, Klara da sitzen zu lassen? Vielleicht wird alles ok enden, aber nicht jetzt sofort. Nicht in diesem Alkoholrestscheiß, den sie hat, den ich habe und der mich jetzt noch mal auf die Straße treibt.

Es ist nicht weit zu dem Späti, an dem ich gerade noch mit Martha getrunken und getanzt habe. Sie ist noch da, eine Spur betrunkener als vor zehn Minuten, aber sie erkennt mich und stolpert auf mich zu. »Du bist wieder da«, sagt sie und ich küsse sie. Ihre Euphorie tanzt mit mir. Ihre Hand fährt unter mein T-Shirt. Ich genieße ihr sanftes Begehren, den minimalen Druck, den sie ausübt. Martha ist wie eine Einleitung zu einer guten Kurzgeschichte. Wie ein Versprechen, von dem man nicht weiß, was dahinter steckt, aber von dem man vermutet, dass es für diesen Moment eine gute Entscheidung darstellt. Dinge passieren. Andere nicht. Das Leben ist ein dummer Stock, mit dem wir alle unterschiedlich umgehen. Manche brechen ihn durch, andere werfen ihn weg, einige springen drüber, andere biegen sich limbomäßig darunter, und ich weiß nur, dass ich diesen Stock behalten will, um ihn anzuzünden, um zu gucken, was passiert, wenn er brennt, der Stock. Wir tanzen. Ihre Hände werden neugieriger. »Ich wohne nicht weit von hier«, sagt sie. »Ich schon«, lüge ich. »Ok«, meint sie und nimmt meine Hand. Ihre Unkompliziertheit fasziniert mich. Ich mache nichts, nicht mal Gedanken, Schritte, Schritte, Schritte. Auch andere Schritte. Schritte, die nicht zu uns gehören.

Der Schlag trifft Martha von hinten am Kopf und sie geht auch unmittelbar zu Boden, bleibt dort liegen. »Bist du bescheuert?«, schreit Klara mich an, als ob ich Martha niedergeschlagen hätte. Martha hat sich unmittelbar wieder aufgerichtet, sie ist ein toughes Geschöpf, wirkt aber benommen. »Was soll die Scheiße?«, schreit sie Klara an. Deren Antwort ist ein dergestalt krasser Blick aus Verdammnis und Hass, der Martha zurückweichen lässt wie ein ängstliches Äffchen im Tierversuchslabor. Sie schüttelt mehrmals den Kopf, ganz so als ob Klara und ich beide irre wären, sie vielleicht sogar in einen Hinterhalt gelockt hätten. Innerhalb Bruchteilen von Sekunden entscheidet sich Martha, in die Dunkelheit zu rennen. Ihre Schritte werden leiser, verschwinden dann ganz.

Klara lacht laut. Im Dunkeln kann ich nicht sehen, ob sie an mir vorbeischaut oder mich ansieht. Sie lacht einfach. Ich gehe langsam rückwärts. Ich weiß nicht, was jetzt passiert, aber Klara ergreift das Wort. »So einfach geht das nicht. Nicht mit mir reden und sofort eine andere Frau am Start. So einfach geht das nicht, verstehst du?« Sie ergreift blitzschnell meine Handgelenke und umklammert diese mit einer Kraft, die ich ihr nicht zugetraut hätte. »Du willst einfach so rumficken?« Ich schweige. Sie löst ihren Griff, zieht ihre Jacke aus. Ich gehe immer noch langsam rückwärts und Klara folgt mir in eben jener theatralischen Langsamkeit. Sie entledigt sich ihres Oberteils, was ich im Halbdunkeln erkennen kann. »Dann fick mich doch, wenn du das willst, los, fick mich.« Sie greift nach meinen Händen und drückt sie auf ihre Brüste. Ich merke, dass es keine gute Idee ist, sich zu wehren, denn Klaras Kraftaufwand ist enorm. Meine Hände liegen auf ihrem dünnen BH und ich kann spüren, wie ihre Brustwarzen sich verhärten. Ihr Herzschlag poltert. Sie umklammert immer noch meine Handgelenke mit immenser Festigkeit. Ihr Blick ist wirr, sie reckt ihren Kopf nach mir, versucht, mir in die Lippen zu beißen, verfehlt mich knapp. In einer winzigen Sekunde ihrer Unaufmerksamkeit gelingt es mir, mich aus ihrem Schraubstockgriff zu lösen und sie ihrerseits festzuhalten. »Klara, jetzt hör mal zu, so geht das nicht. Du brauchst Hilfe.« »Ja, dann hilf mir doch«, schreit sie und ich merke, wie sich ein Weinen in ihr Geschrei mischt, »hilf mir und fick mich.« Ich versuche, etwas Vernunft walten zu lassen, habe die kleine Hoffnung, dass sie noch irgendwie auf mich zu reagieren imstande ist. »Nein, Klara, du brauchst einen Arzt, einen richtigen Arzt, vielleicht einen Klinikaufenthalt, du musst Ruhe in dein Leben bekommen.« Ich merke, wie sie zittert. »Ich will keine Ruhe, ich will Liebe, ich will nicht, dass mein Leben leise wird, ich ertrage das nicht, dass es so still ist, ich will …«

Sie stockt. Schreit ein paar Vokale durch die Gegend, zerrt an mir und will mich gleichzeitig küssen, will ohnehin alles gleichzeitig tun und der Irrsinn türmt sich meterhoch in ihr auf, ist größer als ihr Körper und sie bewegt sich wie ein orientierungsloses Tier und brüllt ein paar Laute. Ich weiche zurück und weiche ihr aus und dann falle ich rückwärts über etwas am Boden. Verliere den Halt. Liege dann am Boden und schmiege mich an den Asphalt, der sich warm an mein Gesicht schmiegt. Blutaustritt. Weiß nicht, wo genau, aber ich spüre, dass es keine lebensbedrohliche Verletzung ist.

Bleibe einfach liegen, weil mir das, was hier mit Klara passiert, einfach zu stressig ist, ich will keine Auseinandersetzung mehr, ich will nur noch, dass ihr Irrsinn, ihre elementare Verrücktheit aufhört und sie wieder die niedliche Eisdealerin ist, die mir mit einer seltsamen Mütze auf dem Kopf Mangosorbet in die Waffel drückt. Jetzt liege ich hier und kapituliere, ein Mensch wie eine weiße Fahne, liegt da, könnte zertrümmert oder in Ruhe gelassen werden. Ich bin ein Krisengebiet, Klara hat mich zu einem gemacht.

Ich schließe die Augen und hoffe, dass ich, wenn ich auch nichts sehe, unsichtbar bin. Ich weiß nicht, wie lange ich so da liege, in dieser Verzweiflung, in dieser Ruhe aber auch. Auf diesem kalten Asphalt. In dieser Dummheit, auf diesem Gehweg. Ich fasse mich an und bin nicht unsichtbar. »Klara?«, frage ich in die dunkle Stille hinein und niemand antwortet. Ich halte die Augen immer noch geschlossen und es und mich für klug, einfach liegen zu bleiben. »Klara?«, frage ich nochmals. Wieder schweigen. Entweder hockt sie in der Dunkelheit oder sie hat sich einfach davongeschlichen. Ich richte mich auf, es beginnt bereits zu dämmern, der Asphalt ist feucht. In der Ferne lachen ein paar bierselige Leute, aber Klara ist nirgendwo auszumachen. Ich richte mich auf und spüre eine leichte Übelkeit. Schwindel, aber laufen geht. Weiß nicht, wie lange ich gelegen habe, weiß nur: Klara hat sich davon gemacht. Ihr Oberteil liegt noch auf dem Weg, ich ignoriere es, ich ignoriere einfach alles. Ich will nach Hause, schlafen, ein paar Wochen vielleicht. Einfach keine Probleme mehr haben.

Ich mache mich auf den Weg, biege sehr vorsichtig in meinen Hausflur ein, weil ich vermute, dass Klara dort wieder hockt. Das Licht geht an, aber sie ist nicht da. Ich suche meinen Schlüssel in der Hosentasche und bin froh über den konfliktfreien Ablauf dieser Minimalhandlung. Schlüssel geben Sicherheit. Schlüssel von Türen, hinter denen man sich verstecken kann. Ich öffne meine Wohnung und gehe sofort zum Sofa. Zuvor schließe ich die Tür ab, was ich sonst nie tue, aber eine seltsame Ahnung, von der ich nicht weiß, warum sie plötzlich aufgetaucht ist, sagt mir, dass ich mich in Sicherheit bringen soll. Ich versuche diesem Abend irgendeine Bedeutung zu geben. Für meine Zukunft, für meine Gegenwart, für mich und Klara. Ich spüre ihre Abgefahrenheit ohne ihre Anwesenheit. Langsam dämmere ich weg, begleitet von einer ekelhaften Angst, mich den Dingen stellen zu müssen. Und vielleicht dem Versuch, einen Normalzustand herzustellen, der nicht mehr herstellbar ist in diesem Morast der Geschehnisse.

Aber nichts. Nichts. Wirklich nichts. Kalte Stille am Morgen. Keine Botschaft von Klara. Ich schaue auf mein Handy, mache mir Kaffee, schaue noch mal auf mein Handy, suche nach Worten, die ich ihr sagen oder schreiben möchte, finde aber keine und dann wird es Nachmittag und dann wird es Abend und es bleibt leise. Ich arbeite an meinem Theaterstück, mache Fortschritte, denke an Klara, aber weiß weiterhin nichts, womit ich sie kontaktieren möchte. Bin selbst unsicher, wie es weitergehen soll, ob überhaupt. Eher nicht.

Zwei Tage später: immer noch Stille. Vier Tage später ebenso. Ich arbeite hart, verlasse die Wohnung nicht, will eine funktionierende Inszenierung mit gut laufender Dramaturgie herstellen. Sechs Tage später traue ich mich, Klara eine SMS zu schicken. »Alles ok?«, frage ich, aber die Frage bleibt ohne Antwort. Auch weitere zwei und weitere fünf Tage später. Ich traue mich nicht, sie anzurufen, und sie tut es auch nicht. So verschimmeln die Tage zwischen uns und ich stürze mich in die Arbeit, die mich ihrerseits davon abhält, wahnsinnig zu werden. Ich glaube, das ist ihr einziger Sinn. *Keeping people away from madness.* Sofern sie keinen Sinn macht, verhält es sich ja meist umgekehrt. *Pushing people into madness.* Auch damit habe ich Erfahrungen sammeln können.

Irgendwann ist alles fertig und ich beschließe, Klara anzurufen. »Der angerufene Teilnehmer antwortet nicht. The person you have called is temporarily not available«, sagt eine weibliche Computerstimme. Ok, denke ich mir, sie wird sehen, dass ich sie sprechen will, sie wird also zurückrufen, wenn sie dazu bereit ist. Ich komme auf die glorreiche Idee, mir aufgrund der Fertigstellung des Theaterstücks zunächst ein Eis und anschließend zur Feier des Tages sieben Bier in einem Pub, in dem ein Freund arbeitet, zu gönnen. Natürlich gehe ich zum Straßeneisstand, an dem ich Klara zum ersten Mal gesehen habe. Sie steht da nicht. Ich bestelle mir ein Mangosorbet bei einer ihrer Kolleginnen. Frage sie nach Klara und sie meint, sie hätte sie auch seit ungefähr einer Woche nicht gesehen. Sie beginnt dann zu erzählen, weil wenig los ist und ihr das wohl auf dem Herzen lagert: »Also sie kam erst mal zwei Tage nicht, ohne Entschuldigung, dann kam der Chef vorbei und meinte, sie hätte gekündigt, weil sie woanders studieren wolle. Dann war sie noch eine halbe Schicht hier gewesen, um sich von uns zu verabschieden, aber sie war total gereizt und hat sich mit uns und auch mit den Kunden angelegt. Wir mussten ihr klar machen, dass es jetzt wohl mal Zeit ist zu verschwinden. Geschäftsschädigend ist das gewesen.« Ich nicke in ihrem Wortschwall hinein. Sie zögert ein bisschen, bevor sie weiterspricht. »Ich glaube, sie hat alle Zelte in dieser Stadt abgebrochen.« Etwas zerbrochen lecke ich am Mangohorn und entferne mich schleichend.

Beim vierten Bier erzähle ich einem Freund von Klara, von diesem Abend im Jazzclub, von meinem ganzen Gefühlschaos und er hört sich alles in Ruhe an, raucht dabei und analysiert die Geschehnisse. »Vermisst du sie?« »Ich weiß nicht, irgendwie schon.« »Ist es ok, dass sie weg ist und einfach schweigt?« »Ich weiß nicht, irgendwie schon.« Wir schweigen etwas länger, trinken, rauchen.

Zeit tickt. Mir wird klar, dass sich Klara aus meinem Leben verpisst hat. Ich sage zu ihm: »Mir wird klar, dass sie sich aus meinem Leben verpisst hat.« »Dann akzeptiere das.« Die Ruhe in seiner Stimme ist wie eine meditative Ansage, parallel dazu stellt er zwei Schnäpse auf den Tresen, die wir kommentarlos wegstürzen. »Alter, mein Stück ist fertig.« »Geil, erzähl davon.« Ich erzähle ihm davon und es ist wirklich geil.

Die Premiere findet an einem Freitagabend statt. Ich habe Angst, weil ich immer Angst habe. Klara ist nur noch ein dünner Schatten. Ich habe noch ein paar Mal versucht, sie anzurufen, aber ihr Handy scheint nicht mehr in Betrieb zu sein. Sie kam wie ein Mysterium, sie ging wie ein Mysterium und zwischendurch war sie ein wunderbarer, aber trotzdem verrückter Mensch. Manchmal habe ich nachts vorm Einschlafen an sie gedacht, meine Bettdecke wie einen Menschen, den ich mag, umklammert und sie mit *Klara* angesprochen. Die Bettdecke hat geschwiegen, aber ich habe sie gedrückt und gestreichelt und ihr viel Glück gewünscht.

Natürlich hat die ganze Inszenierung viel mit Klara zu tun. Der Eisstand, das Exzessive, das Sexuelle und das immer wieder Verharmlosende, das absolut Weibliche, das von hinten kommende Provokative. Die Leute haben Spaß und verstehen auch die Doppeldeutigkeiten. Der Applaus ist gut und drastisch, ich will mich sofort betrinken. Wir verneigen uns. Die Schauspielerinnen waren fantastisch.

Ich bin glücklich. Was für ein dummer Satz im Nachhinein, fällt mir ein, weil niemand wirklich glücklich ist, weil man immer die ganze Scheiße subtrahieren müsste, die noch so an einem klebt, aber hey, es zu behaupten ist schon mutig und manchmal sehr wichtig.

Später in einer Bar sehe ich Martha wieder. Sie ist mit einem Typen da, der aber bald verschwindet. Ich spreche sie an, bin schon massiv betrunken. Sie kann mich erst nicht zuordnen, dann kommt sie aber drauf, wer ich bin. Natürlich ist sie völlig zu Recht skeptisch. Ich erzähle ihr von Klara und ihren Problemen, ihrem letztendlichen Verschwinden. Martha hört geduldig zu. »Komisch, dass wir uns hier wiedertreffen«, sagt sie, »aber ich habe immer noch Angst, dass gleich deine irre Freundin aus einem Hinterhalt auf mich losgeht.« »Nein, keine Angst, es ist vorbei.« Zum ersten Mal seit Klara weg ist, sage ich mir bewusst diesen Satz und es stimmt tatsächlich. Es ist sowas von *vorbei*. Man müsste scheinbar ein neues Wort für *vorbei* haben, um dieses *vorbei* zu beschreiben. Martha lacht. Das fühlt sich gut an. Wir bestellen und Jägermeister und Biere.

Ich glaube, ich habe alles getan, was zu tun ist, wenn etwas zu Ende geht und man nicht weiß, was jetzt wirklich Phase ist. Ich bin mir sicher, ich habe Martha über Klara alles genauso erzählt, wie es gewesen ist. Aber das ist nun etwas, das der Vergangenheit angehört. Und die unbestrittene Tatsache, dass es vorbei ist, obwohl ich sie wirklich kurz geliebt habe, ja, durchaus war da ein Aufflackern, ein emotionaler Aufwand, all das und Liebe, Liebe will ich es nennen, also diese Tatsache wird nun zu einem Teil von mir. Manifestiert sich ganz klar in meinem Bewusstsein, ohne dass ich traurig oder wütend werde. Die Vergangenheit ist unausweichlich, und episodenhaft springen dort Leute herum, von denen die schönste und wütendste Tänzerin wohl Klara ist.

Als ich drei Stunden später massiv betrunken die Bar verlasse, habe ich das Gefühl, endlich ein bisschen freier zu sein. Der Kopf so angenehm durchweht von butterweichem Nichts, das sich in den Möglichkeiten der Zeitgeschichte räkelt. Ich denke an Klara und sehe Martha an, die nicht minder alkoholisiert in meinem Arm taumelt. Als wir auf dem Weg zu mir in eine Straße einbiegen, habe ich das Gefühl Klaras weiche Schritte hinter uns zu hören, weiß aber gleichzeitig, dass es sich dabei um eine dumme Angst und den Abspann einer miesen Episode im Kopfkino handelt. Was wohl aus Brodsky geworden ist?

Ich weiß nicht, was passieren wird, die Nacht taumelt, wir taumeln, überall taumelt alles und ich folge einfach nur meinem Bewusstsein und langsam wird es hell über Berlin.

JÖRKK MECHENBIER

»LACHEN SIE NICHT – SIE KÖNNTE IHRE TOCHTER SEIN«

Udo Lindenberg singt ein Lied für mich: über Drogen, Wrestling, Lederjacken, Platzwunden und den Zauber eines Anfangs, der ein endloses Ende küsst.

Horsti hatte sich alles ganz genau überlegt: »Wir fahren nach Köln und hauen uns die Kirsche zu, als gäbe es kein Morgen!« lautete seine Ansage. Das gefiel mir selbstverständlich. Ich frage ihn wie üblich: »Mit allem?«, worauf er, auch wie üblich, knapp mit »Klar« antwortete. Die Sache war also geritzt.

Als es Abend wird, springen wir gemeinsam mit unserem Freund Curly in den Regionalexpress nach Köln. Im Gepäck haben wir eine Flasche Whiskey, drei Gramm Haschisch, vier Ecstasy-Pillen und ein halbes Gramm Koks. Ok. »Mit allem« war vielleicht ein bisschen übertrieben, aber wir hatten auch schon weniger an Bord bei einem unserer Ausflüge ins Verderben. Bereits nach wenigen Minuten kreist die unvermeidliche Whiskeyflasche fröhlich durchs Abteil, die ersten Tanztabletten werden halbiert und mit dem Lebenswasser hinuntergespült, und nachdem jedes Mitglied unserer Reisegruppe einmal auf der Toilette war, um sich das Näschen zu pudern, ist die Stimmung bereits nahezu nicht mehr zu steigern.

Wir fahren zum »Rock 'n' Roll Wrestling«. Eine Veranstaltung, die in ihrer Einfachheit wahrscheinlich nur noch vom Konzept »Christen rein, Löwen hinterher, Popcorn« zu toppen wäre. Diverse Finsterlinge und als Anti-Superhelden verkleidete Muskelmänner verhauen sich in bester Wrestlingmanier, während eine ebenfalls maskierte Band danebensteht und den Soundtrack, garagigen Punkrock, liefert. Dazu gibt es immer wieder ein paar nackte Brüste zu sehen, da als Nummerngirls immer einige leicht bekleidete und durchaus herzeigbare Prostituierte die nächste Runde einläuten, Freibier verteilen und so dem sabbernden Pöbel am Rande des Ringes genau das geben, weswegen er gekommen ist und bereitwillig den Eintritt bezahlt hat. Wir sind bereits derart auf Sendung, dass wir uns innerhalb weniger Minuten aus den Augen verlieren.

Während Horsti und Curly, die den Veranstalter kennen, sich relativ schnell Backstagezugang erschleichen und dort mit den wirklich zauberhaften Nutten abhängen, kostenlose Cocktails schlürfen und es sich gut gehen lassen, treffe ich unverhofft meinen alten Freund Andernacher im Gewühl. Nicht verwunderlich, dass dieses Prachtexemplar von einem Eskalator sich in dieses neuzeitliche Babylon verlaufen hat. Hier fehlt zum vollkommenen »Glück« tatsächlich nur noch, dass auf der Bühne Sex mit Tieren vorgeführt wird, oder eben wirklich ein paar Christen an ein paar Löwen verfüttert werden. Andernacher jedenfalls ist sichtlich angeschickert und so dauert unser beider Wiedersehensfreude nur kurz an, denn Kollege Andernacher hält es kurz nach unserem Zusammenprall für eine spitzen Idee, am Rande des Rings seinen Lörres auszupacken und genüsslich an die Wrestling-Stage zu strullen. Ich feiere ihn selbstredend sehr dafür – das anwesende Sicherheitspersonal hingegen ist nicht annähernd so begeistert. Spaßbremsen. Man wirft uns kurzerhand raus.

Da ich die restlichen Drogen in meinem Besitz weiß, lässt uns der Vorfall relativ kalt und wir beschließen kurzerhand die nächste, brauchbare Hopfenpinte aufzusuchen, um uns weiter unserem mit schnellen Schritten nähernden Untergang zu widmen. Einige Stunden, Biere und Toilettengänge später befinden Andernacher und ich uns in einem derart desolaten Zustand, dass ich mich wirklich wundere, die weiteren Ereignisse dieser Nacht noch halbwegs rekonstruieren und wiedergeben zu können.

Ich komme irgendwann, in Schlangenlinien versteht sich, von der Toilette zurück, auf der ich mir zunächst eine fette Line Gips gezogen habe, weil ich im Halbdunkel der erbärmlichen Örtlichkeit nicht zwischen dem Rest unseres Kokains und den herumliegenden Stücken abgebröckelten Fugenweiß unterscheiden konnte. Der anschließende Nies- und Hustenanfall war dann jedoch recht heilsam, da ich mich dabei scheinbar aller restlichen, in meinen Atemwegen festgetrockneten Drogenreste entledige, was mich wieder ein klein wenig durchatmen lässt. Außerdem klinge ich nicht mehr wie jemand, der eine unsichtbare Wäscheklammer auf der Nase trägt. Von weitem sehe ich gerade noch Andernacher die Lokalität verlassen. Stolpernd, fluchend, mit den Armen rudernd, um das Gleichgewicht nicht zu verlieren, aber immerhin noch nahezu den aufrechten Gang beherrschend. Er scheint trotz fortgeschrittener Stunde und dem damit einhergehenden, halb komatösen Zustand noch realisiert zu haben, dass jede weitere Minute, die er hier verweilt, ihn dem Tode einen guten Schritt näher bringen könnte. Er ist ein kluger Bursche. Das war er schon immer. Ich muss grinsen, weiß aber auch, dass es mir in wenigen Augenblicken wohl ganz ähnlich ergehen wird. Der Alkohol und alles andere wird den Gips und das wenige, im Anschluss konsumierte Kokain in kürzester Zeit überrennen, wie die ungarische Mannschaft die sagenumwobene Walter Elf beim ersten Aufeinandertreffen während der WM 1954.

Doch ehe es soweit ist, treffe ich sie. Sie steht ganz plötzlich, wie aus dem Nichts kommend vor mir, lächelt mich an und fragt: »Magst du Udo Lindenberg?« Ich antworte lallend und unter Absonderung einer nicht angemessenen Menge von Spucke – und gänzlich ohne die Zuhilfenahme von Vokalen –, schaffe es dabei aber, noch aussagekräftig zu nicken. Das reicht ihr scheinbar aus und scheint der richtigen Antwort auf diese Frage augenscheinlich nahe genug zu kommen: Das zierliche Wesen mit den bernsteinfarbenen

Augen greift mir in den Schritt, zieht mich zu sich heran, küsst mich, oder besser: Sie steckt mir ohne Vorwarnung ihre Zunge in den Mund und beißt auf meine Unterlippe. Sie krallt sich mit ihrer linken Hand in meiner rechten Arschbacke fest, schiebt mir die Rechte gleichzeitig an meinem Gürtel vorbei in die Hose und lässt sodann mit ihrem gierigen, aber nicht ungeschickten Mund von meinem Gesicht ab. Ich schüttele mich einmal und muss kurz darüber nachdenken, ob mir gefällt, was ihre beiden Hände gerade mit meinem Penis und meiner Arschbacke anstellen und komme nach sehr kurzer Zeit zu dem Schluss: Ja, das tut es. Da sich mein Gesicht nun nicht mehr in ihrem Mund befindet, kann ich mir das ihre genauer ansehen: Sie ist wunderschön. Sie lässt nun ganz von mir ab und tritt einen Schritt zurück.

Aus dem Augenwinkel sehe ich gerade noch, wie Curly, der mittlerweile in Begleitung von Horsti in diesem Sündenpfuhl eingetroffen ist, wie ein Sack Kartoffeln vom Barhocker rutscht und sich an der Kante der Theke eine riesige, klaffende Platzwunde an der Stirn zufügt. Horsti liegt singend hinter ihm auf dem Boden und winkt mir zu. Er trägt keine Hose mehr. Curly blutet die Bar voll und lässt sich von der Thekenkraft verarzten, die sofort nach dem Einschlag herbeigeeilt ist, um zu sehen, wie schlimm es wirklich um ihn bestellt ist. Der DJ spielt »Welcome to the Jungle« von Guns N' Roses und ich bin mir einen Augenblick lang nicht wirklich sicher, ob ich mich noch in der Realität befinde, oder vielleicht schon bewusstlos in der Bahn nach Hause liege und das alles hier lediglich träume.

Durch den wabernden Dunst meiner Wahrnehmung vernehme ich auf einmal ihre Stimme. »Ich heiße Klara. Können wir jetzt bitte zu mir fahren?« Ich schüttele mich erneut. Dann nicke ich. Ich nicke, ohne den erneuten Versuch zu unternehmen, eine Antwort zu artikulieren, da ich nicht noch einmal mit echsenartigen Zischlauten, frei von Vokalen, antworten möchte. Sie lächelt, packt mir erneut in den Schritt und zieht mich hinter sich her zum Taxistand. Ich habe keine Ahnung, wohin das Taxi uns fährt, in dem in unerträglicher Lautstärke »Zehn nackte Friseusen« von Mickie Krause läuft. Als wir mehrere Minuten später, bereits halb entkleidet, auf allen Vieren aus dem Taxi kriechen, unser letztes Bargeld grob in die Richtung werfen, in der wir das Taxameter vermuten, sehe ich sie von hinten. Ihr mit Henna gefärbtes Haar hängt in verklebten Strähnen herab und sie hat einen unfassbar schönen Arsch. Sie trägt eine Lederjacke, auf der mit weißem Edding »Panik« geschrieben steht. Klara nimmt mich mit nach oben in ihre Wohnung und schiebt mich vor sich her in ein kleines, dunkles Zimmer, in dem nichts ist, außer einer fleckigen Matratze, einer Ausgabe des Diercke-Weltatlas', eine Kerze, einem Löffel, einer Spritze und einem Stauschlauch aus Gummi liegen. Eigentlich nimmt sie mich gar nicht mit nach oben. Eigentlich begleite ich sie lediglich ein Stück auf dem Weg nach ganz unten. Aber wer weiß das schon so genau, in solchen Augenblicken. Ich mag sie. Sie mag Udo Lindenberg. Wir mögen beide, was wir im weiteren Verlauf der Nacht miteinander tun. Manches hat mit den Requisiten in diesem Zimmer zu tun. Manches hat mit den Requisiten in meinem Innern zu tun. Manches mit ihren. Manches mit Liebe. Manches mit Hass. Aber alles ist echt und unvergesslich. Das scheint mir etwas Gutes zu sein, da ich es noch nicht besser weiß. Wissen kann. Was ich aber weiß ist, dass ich in dieser Nacht, auf dieser fleckigen Matratze, in diesem kleinen, dunklen Zimmer irgendwo in Köln, zu keinem Zeitpunkt Panik verspüre. Und in dieser Nacht, in jedem ihrer unendlich vielen schmutzigen, himmelhochjauchzenden, kratzenden, küssenden, traurig schönen bis schweißnassen Augenblicken, da scheint mir das das Einzige zu sein, das auf dieser Welt wirklich zählt.

KEINE PANIK, AUF DER KERAMIK!

Blut. Alles voller Blut. Überall. Fuck!

»Viel viel viel Blut ist das …«, stammele ich, denke ich mir, sehe ich. Spüre Panik in mir aufsteigen – und spreche es sodann noch einmal mit ersterbender Stimme aus, nachdem ich aufgestanden bin, mich umgedreht habe und mir daraufhin ein Bild vom Ausmaß der Katastrophe habe machen können. »Fuck! Voll viel Blut!«, schreie ich, mittlerweile vollkommen panisch und wechsele augenblicklich die Farbe: von bereits aschfahl zu nun kreidebleich. Mein Inneres bebt, als ich mich mechanisch und ohne den Blick von der Kloschüssel abzuwenden, instinktiv nach der Klobürste bücke und sie beherzt ergreife. Ich bin mir sicher, dass irgendetwas in meinem Körper gerissen ist im Laufe der letzten Nacht. Oder geplatzt. Entweder das, oder es hat eine Banden-Schießerei in meiner Toilette stattgefunden, während ich darauf gesessen habe.

Ich versuche, mich an etwas zu erinnern, das mir helfen könnte, die letzte Nacht zu rekonstruieren. Zu diesem Zweck nutze ich eine bestechend simple Technik: Ich befrage mich selbst, nach Art eines mir nicht allzu wohl gesonnenen Schnurrbart-Polizisten. Hohes Tier. Gnadenlos. Gewaltbereit. Marke Dudde. Das hilft mir hierbei ungemein.

Denn ich bin Deutscher, müssen sie wissen, und dieser Umstand bringt es trauriger Weise mit sich, einen nicht zu unterschätzenden Grad an sogenannter Obrigkeitshörigkeit in sich zu tragen: »Jawoll, Herr Wachtmeister!« Ganz der gute Untertan. Sie verstehen.

Fangen wir an:

»Wo waren Sie gestern Nacht zwischen 22.00 Uhr und dem Zeitpunkt, an dem Sie nach eigenen Angaben glauben, sich sämtliche inneren Organe aus dem Leib geschissen zu haben?« – »Ich habe nicht die geringste Ahnung, aber meine Lippe blutet innen, Herr sehr beinharter Polizist.«

»Warum schmerzen Ihre Kniegelenke und der Nacken?« – »Drogen sind kein Stroh auf einem Ponyhof. Sex ist Privatsache. Kurz gesagt, geht Sie das – so leid mir das auch tut – wirklich nichts an, Herr Staatsdiener.«

»Wo ist das verdammte Geld?« – »Ich weiß es nicht, aber in der Kloschüssel war diesmal nur jede Menge blutrote Scheiße und eine Eintrittskarte zu einer Wrestling-Veranstaltung, Sir.«

»War das ein Mann, oder eine bärtige Frau, der oder die gestern Nacht hinter der Theke stand, Curlys Blut von der Cocktailbar gewischt und Ihnen Schnaps und Stoff und das eine oder andere Lächeln verkauft hat?« – Das ist eine sehr seltsame Frage. Und das möchte ich nun wirklich nicht alleine entscheiden müssen, Herr Inspektor.«

Verdammt. So komme ich nicht weiter. Na ja. Manchmal hilft es mir eben auch kein bisschen, dieses Frage-und-Antwort-Spiel. Ich habe hin und wieder diese Tage, an denen ich es einfach nicht einsehe, der Staatsmacht wahrheitsgemäß Auskunft zu erteilen. Vielleicht stellt mein brandgefährlicher, sadistischer Fascho-Bulle auch einfach ab und an die falschen Fragen. Oder die Antworten sind diesmal einfach nicht da, wo sie sein sollten. Ich will es meinem imaginären Verhörspezialisten nicht nachtragen und ein anderes Mal nach Antworten suchen. Er ist ja schließlich auch nur kein Mensch.

»*Horsti!*«, rufe ich in die Stille unserer Wohnung hinein. Nichts. Ich klopfe an seine Tür. Nichts. Ich schaue hinein – sein Bett ist leer. Er hat es also nicht geschafft. Also warten. Auf Horsti warten und ihn fragen, wenn er nach Hause kommt. Genau. Eventuell erinnert er sich ja noch an irgendwas. Horsti ist seit zehn Jahren mein Mitbewohner. Horsti ist cirka 1,60 Meter groß und fast ebenso breit. Er sieht ein bisschen aus wie die blonde Version von Super Mario – wenn man sich den Schnurrbart und die Latzhose wegdenkt – und er ist der einzige Mensch, den ich kenne, der ein noch gnadenloserer Polytoxiker ist als ich. Aber wo steckt dieser goldblonde Giftvernichtungs-Super-Mario? Hoffentlich ist er nicht tot. Er schuldet mir noch Geld. Und Antworten. Aber wenn ich es nach Hause geschafft habe und er nicht, fürchte ich mich immer ein wenig. Er schafft es in der Regel immer nach Hause, egal, wie schlimm und wie hoch die Anzahl unserer Verfehlungen in der Nacht zuvor mal wieder waren. Ich warte einfach noch ein wenig, ehe ich in Panik verfalle oder mir ernsthafte Sorgen mache. Das wird das Beste sein. *Panik*. Wieso habe ich das Gefühl, das Wort »Panik« könnte irgendwas mit den Ereignissen der vergangenen Nacht zu tun haben? Ich schiebe den Gedanken zur Seite, denn mir wird schwindelig. Aber ich wüsste zu gerne, was das schon wieder für ein Himmelfahrtskommando war. Durch die andauernde Abwesenheit einer Menschenseele in unserer kalten, kargen Wohnung, die mir hierzu Auskunft erteilen könnte, frage ich mich einfach wieder selbst. Ich frage härter. Ich frage ganz tief nach innen: *Was ist geschehen? Was habe ich getan? Werde ich diesmal endgültig daran zugrunde gehen?* Mir ist furchtbar schlecht. Dieser Zustand bessert sich auch nicht, als ich die Einstiche in meinen Unterarmen entdecke. Fuck. Erst mal nicht darüber nachdenken. Keine Panik. Keine keine keine.

Zugrunde gehen. Was für ein tröstlicher Gedanke. Aber woran denn jetzt eigentlich genau? Alles dreht sich um mich und ich muss husten. Und wieso fühlt sich mein Mundinnenraum an, als würde ein kürzlich überfahrener Igel dort verwesen? Ich spucke den grünen Auswurf, den ich nach der Hustenattacke in meinem Mund vorfinde, in den Küchenabfluss. Gelbe Bröckchen sind darin zu erkennen und rote und blaue. Sie zucken und zappeln in der grünen Trägermasse, wie der Flitter in einer Schneekugel, der darin um den Kölner Dom oder den Eiffelturm oder die Porta Nigra zu Trier flattert. Ich schüttele mich wie eine menschliche Schneekugel, allerdings vor Ekel, als ich mir vorstelle, dass eine nicht allzu ferne, düstere Zukunft möglich wäre, in der man Menschen wie Horsti und mich wegen unseres Drogenkonsums einsperrt und in der Weihnachtszeit dazu zwingt, Schneekugeln für die funktionierenden Mitglieder einer totalitären Leistungsgesellschaft vollzuhusten, die sich diese Dinger dann gegenseitig zu Weihnachten schenken müssen. Die Schodder-Schneekugel Vollhuster vom Bahnhof Zoo. Ich muss lachen. Dann husten. Dann schüttele ich den Kopf, der diesen Gedanken hervorgebracht hat.

All das sind auf gewisse Art und Weise die immer gleichen Fragen. Es ist sinngemäß der immer gleiche, innere Monolog, an einem so derart klassischen »Tag danach«. In Katerstimmung. In der ich mich nun schon seit Jahren wälze. Wo? Was? Wann? Mit wem? Wie viel? Wer noch? Warum? Wieso? Weshalb? Und ja: Es fühlt sich wirklich so an. Also genau jetzt. Hier. Ich. Also mein Körper. Nach Sterben. Doch doch. Diesmal wirklich. Ganz sicher. Oder?

»Aua!«, konstatiert mein Kopf. In sich drin. An sich selbst. Und ich gebe ihm Recht.

Die Wahrheit ist, dass ich mich fühle wie an fast jedem Morgen. Aber mein Zustand hat sich zusehends verschlechtert, seit Lagemann mir diese E-Mail geschrieben, mich um dieses Treffen gebeten und ich dem zugestimmt hatte. Ein Treffen mit ihm, meinem guten, alten Freund und Kupferstecher und einem weiteren, sogenannten Schriftschaffenden namens Hammler. Ja richtig: Schriftschaffender. Denn Kollege Lagemann, das müssen Sie wissen, Lagemann ist das, was man landläufig als Literat bezeichnet. Jemand also, der es trotz der andauernden Existenz des Internets fertig bringt und mit gewisser, schöner Regelmäßigkeit und unter den wachen Augen der Öffentlichkeit, oder was wir in unserer kleinen, aber feinen Bezugsblase dafür halten, geschriebenes Wort gegen bare Münze tauscht. Hier: Er publiziert. Geschriebenes Wort über erlebte und erdachte Momente, die ausreichend faszinierend für seine Umwelt, seine Kundschaft und allerlei sonstige lesende Sonderlinge sind, dass er davon tatsächlich seine Miete und sogar hin und wieder die eine oder andere Flasche säurearmen Rieslings bezahlen kann. Ein mehr oder weniger erfolgreicher Künstler also. Ein Künstler aus dem Literaturbetrieb. Denn was sonst ist ein Freigeist mit Tastatur – und ohne Festanstellung –, wenn nicht ein Künstler? Na also. Jemand, mit dem ich mich zu schmücken pflege, wann immer ich als Angestellter einer Autovermietung in Teilzeit und Mitglied einer kleinen Punkrock-Band in Vollzeit die Gelegenheit dazu habe. Schon alleine deswegen, weil das Wort »Bohème« so schön klingt – und diese Leute selten unter dem Leistungsdruck der restlichen Gesellschaft leiden. Diese Burschen wissen eben einfach, wie und wo man sich an einem ganz normalen Dienstagabend in einer x-beliebigen Kleinstadt stilvoll den Schiefer vom Kapellendach hobeln kann. Das ist meiner Ansicht nach schlicht ein guter Umgang. Zumindest, wenn man ein schlechter Mensch ist.

Ein Treffen also. Ein Treffen, dem ich ohne lange nachzudenken blauäugig zustimmte. Besagten Dritten im Bunde namens Hammler, ich erwähnte ihn bereits kurz, kannte ich noch von früher. Er hatte in einem Jugendzentrum in der Nähe von Wanne-Eickel Konzerte veranstaltet und wir hatten gemeinsam so manche Nacht mit Maßlosigkeit und Hedonismus tapeziert und uns zu guter Letzt sogar gegenseitig das Anarchie-Zeichen auf den rechten Oberarm tätowiert, als wir noch dachten, das alles hier sei der Weisheit letzter Schluss und das Einzige, was zu tun es wirklich gilt, wenn man jung ist und Punkrocker – und ein bisschen blöd vielleicht – und man gewohnheitsmäßig mit einer Rumpel-Band gegen die Zahlung von Benzingeld und der Überlassung einer ausreichenden Menge an Bier und Übernachtungsmöglichkeiten über die Dörfer tingelt. Oder eben, wenn man so wie Kollege Hammler, Konzerte mit diesen sogenannten »Bands«, die diesen Titel nur selten wirklich verdienten, veranstaltet.

Alles in allem ist dieser Hammler also ein höchst liebenswerter Kauz ganz nach meinem Geschmack. Kurz: Ich mag ihn – und ich unterstelle einfach mal, dass er mich auch mag. Doch mittlerweile war Hammler auf einem gänzlich anderen Trip als damals, als man sich kannte und versuchte, gemeinsam und unter Zuhilfenahme von Alkohol und Haschisch oder ähnlichem zu vergessen, warum man sich eigentlich kannte und was das Problem war.

Während viele seiner Weggefährten sich die Zunge stumpf geredet hatten beim Versuch, die nächste Kiste Bier nach Pilsener Brauart beim lokalen Poetry Slam einzuheimsen, hatte er sich auf seinen Hosenboden gesetzt, sein Talent nicht länger an die mit Bandplakaten tapezierten Wände versiffter, autonomer Jugendzentren gespuckt, sondern Bücher geschrieben. Richtige Bücher. Romane. Mit Verlagsvertrag, mit ISBN, mit ermäßigtem Mehrwertsteuersatz und allem Zip und Zap. Ich gönnte es ihm, keine Frage. Denn die meisten versagen schon beim Versuch. Oft im Stillen, da ja selten über Bücher gesprochen wird, die niemand gelesen hat. Oft im Stillen, ja. Aber nahezu immer kläglich.

Nun, nicht so der gute Hammler. Er hält sich, ähnlich wie Lagemann, seit Jahren wacker im Literaturbetrieb, unternimmt in unregelmäßigen Abständen gut besuchte Lesereisen, auf denen er charismatisch und mit starker Stimme seine unterhaltsamen Ergüsse, die allesamt obendrein von einer trefflichen Beobachtungsgabe zeugen, einem bunt gemischten und nicht selten bunthaarigen Publikum vorträgt und im Anschluss oft und gerne und an so mancher Theke im Lande an der einen oder anderen Sitte unser beider wilden, jungen Jahre, wie zum Beispiel dem freudvollen bewerfen sternenklarer Nächte mit kompromisslos herbeigeführten Rauschzuständen, festhält.

Beide also auf dem aufsteigenden Ast befindlich. Beide voll im Saft stehend. Diese beiden Komiker und literarischen Fingerindiewundeleger mit Namen Lagemann und Hammler, diese beiden Un- und doch auch Übermenschen der gelebten Lebenskunst und des verschachtelten Satzbaus, diese zwei Kreaturen des Herren, um nicht zu sagen Schafe Gottes, diese beiden hatten nun also in einer gemeinsamen, lauen Nacht voll von launischen Optionen und kostenlosen Opiaten beschlossen, dass es doch eine famose Idee wäre, wenn sie jemanden wie mich, der mit dem Literaturbetrieb in etwa so viel am Federschmuck hat, wie Black Fööss mit Black Flag, wenn sie jemanden wie mich also als drittes Rad an ihr Motorrad montieren würden. Absurd.

Klartext: Sie schlugen mir bei diesem ominösen Treffen vor, ich solle doch ein Drittel zu ihrem nächsten Buch beisteuern. Ich lachte, als sie mir den Vorschlag unterbreiteten. Sie lachten, als ich lachte. Ich sagte, diese Offerte schmeichele mir äußerst, ich sähe mich aber außer Stande, allen Erwartungen gerecht zu werden und qualitativ mit den beiden mithalten zu können. Aber sie ließen sich nicht davon abbringen. Und wie das so ist: Eitelkeit, in Begleitung ihres kleinen Bruders Selbstüberschätzung, ließen mich schlussendlich leichtfertig und überaus gebauchpinselt zusagen.

Ein Buch also. Von, respektive mit mir. Ein ganzer Batzen Schrift. Bis zu einer gewissen Deadline vorzulegen. Harte Arbeit, echter Lohn. Neues Terrain. Eine Herausforderung! Das Feuilleton der geilsten Zeitungen des Landes. Ein Schulterklopfen vom eigenen Vater. Anerkennung in der Szene, beim Klassentreffen, in der Bar und … Aber noch mal zum eigentlichen Knackpunkt der Sache: Eine Deadline, die ich einhalten muss.

Ich! Wie grotesk.

Verkatert wie nicht oft zuvor und noch immer ein wenig schockiert über das, was sich da nach meinem Toilettengang blutrot und kaum mit der Bürste unvergessen zu machen an den Steilwänden im Inneren meiner Kloschüssel festgehalten hatte, schlendere ich im Morgenmantel zurück zur Couch und rede mir erneut ein, dass es sich nur um Rotwein gehandelt haben kann. Ich lasse mich ermattet auf die fleckige Siebzigerjahre-Garnitur sinken, die – zumindest lässt ihr Zustand darauf schließen – mindestens bereits seit der Unterzeichnung des Nato-Doppelbeschlusses in unserer Behausung steht. Sie ist auf jeden Fall älter als ich. Und sieht auf jeden Fall weitaus besser aus. Während ich mich fallend dem Polstermöbel nähere, fällt mir auf: Vier leere Rotweinflaschen stehen neben dem Wohnzimmertisch. Was mir die beruhigende Gewissheit verschafft: Ich habe an diesem Morgen gottseidank wahrscheinlich wieder einmal keine Darmblutung erlitten. Ich beschließe augenblicklich: Es handelt sich hierbei um einen guten Moment.

Ich bin beruhigt. Das ist angenehm.

Ich bin verkatert. Das ist normal.

Ich bin Deutscher. Das ist traurig.

Ich bin verärgert. Das bin ich oft.

Verärgert über mich selbst, versteht sich. Denn ich schaffe es nie. »nein« zu sagen, aus Angst, etwas zu verpassen – oder jemanden zu verärgern, oder schlimmer noch: zu verletzen. Und aus purer Eitelkeit natürlich. Und ich handele mir damit regelmäßig mehr und mehr und noch mehr Stress und Arbeit ein, als zu bewältigen ich auch nur annähernd in der Lage bin. Vor allem aber bin ich ein unfassbarer Idiot, weil ich zugestimmt habe, mich auf dieses Buchprojekt einzulassen. Denn die Zeit, die ich habe, ist das Geld, das mir fehlt. Aber den Menschen, der man ist, zu hassen, das nützt einem am Ende auch nichts. Deswegen tue ich es nicht. Und ich mühe mich nach Kräften, dass es mir egal ist, ob andere das tun oder nicht.

WER DROGEN NIMMT, WILL FICKEN.
WER FICKT, DER LIEBT.
WER AUF DROGE LIEBT, DER IST GEFICKT.

»Es gibt aber kein Falsch und kein Richtig! Kapier' das doch! Es gibt nur dich und mich!«, schreie ich, als ich schließlich endgültig die Geduld mit Klara verliere. Mit einem gefühlt tausend Kilogramm schweren, hängenden und dabei stoisch hin und her wiegenden Kopf sitze ich da. Eine Bewegung, die, so nehme ich an, meine Kapitulation zum Ausdruck bringen soll. Oder sie ist eine Folge des eklatanten Schlafmangels. Aber ja, so oder so: Ich kapituliere.

Ich kapituliere, da diese als Unterhaltung getarnte Ursachenforschung zweier Menschen, die die Forschungsergebnisse des Gegenüber jeweils nicht im Geringsten anzuerkennen bereit sind, mittlerweile schon seit einigen Tagen im Gange ist, dabei aber vollkommen ergebnislos verläuft. Wir sind am Ende. Unsere Körper sind am Ende. Unsere Gehirne und unsere Herzen somit folgerichtig auch. Aber beide arbeiten unverdrossen einfach weiter. Weiter. Weiter. Zumindest im sehr begrenzten Rahmen ihrer noch verbleibenden Möglichkeiten.

Ich bin mir mittlerweile nicht einmal mehr sicher, ob ich mich noch immer auf irgendeine Art und Weise im Recht wähne, oder ob der Fehler doch, auch diesmal, nur wieder bei mir liegt. Denn ich habe mir das bis heute so oft vorwerfen lassen, dass ich nicht mehr unterscheiden kann, ob es so ist, oder ob ich einfach aufgehört habe, daran zu zweifeln, dass es so ist. Fakt ist: Sie will es nicht kapieren. Fakt ist: Ich kann es nicht kapieren. Und unterm Strich bedeutet das: Wir lieben uns wahrscheinlich zwar noch immer, aber schlicht und ergreifend kapieren wir beide nicht, was wir damit anfangen sollen, oder wie wir diesen Umstand trotz der auf beiden Seiten vorhandenen übermächtigen Egozentrik zu unser beider Vorteil nutzbar machen können. Darüber hinaus sind wir jetzt auch schon seit rund 90 Stunden wach. Der Zustand unser beider Körper ist ganz kurz vor *TILT*.

Es fröstelt mich am ganzen Körper. Der ganzen Gifte wegen? Der Situation wegen? Weil das Fenster offen steht? Oder weil die Gifte einen frösteln lassen, wenn die Situation beschissen ist und dabei auch noch das Fenster offen steht? Ich weiß es nicht. Wahrscheinlich ein bisschen von allem. Tränen schießen mir in die Augen, obwohl ich mich nicht traurig fühle. Es ist mehr eine gallige Mischung aus Trotz, Wut und der allzu klaren Sicht auf die ab sofort nicht mehr zu leugnende Ausweglosigkeit der Situation. Ich sehe einige kleine schwarze Spinnen, die wie ein winziges Wolfsrudel auf einem Raubzug durch die eisigen, tristen Weiten der Tundra über das Grau des Ärmels meines Pullovers laufen. Angewidert wische ich sie panisch weg.

»Was machst du denn da?«, fragt Klara erschrocken.

»Spinnen. Kleine eklige Spinnen. Ich habe sie weggemacht«, stammele ich.

»Du siehst schon weiße Mäuse. Was machen wir denn bloß … Das bringt doch alles nichts …«

Ich springe auf und schreie: »Ich sehe keine weißen Mäuse, ich sehe schwarze Spinnen. Und nein, das bringt wirklich nichts. Fuck! Fuck fuck fuck!«

Ich setze mich mit wackeligen Beinen wieder hin. Neben dem Frösteln überfällt mich jetzt auch noch ein leichter Schwindel – sicherlich ausgelöst durch diese absolut reine, übermächtige Hilflosigkeit, die mitnichten neu für mich ist und doch jedes Mal auf ein Neues absolut unbezwingbar. Aber auch hier könnten die Gifte natürlich ebenso eine Rolle spielen. Fifty-fifty.

Irgendwo tief in mir drin, unter all dem über die Jahre hinweg angesammelten, emotionalen Schrott und dem Schmerz, den Fehlentscheidungen und den Lügen, den Songs, die auch keine Antworten bereithalten, aber dir wenigstens das Gefühl geben, dass du nicht alleine bist mit all dem Scheiß, unter all den zum falschen Zeitpunkt ausgesprochenen, unangebrachten Wahrheiten, den vagen Erinnerungen an leider längst verblasste Hoffnungen und der all das leider äußerst effektiv konservierenden, meterdicken Schicht aus Nebel und allerlei Drogen, irgendwo dort war die Antwort zwar vergraben, aber erstens markierte kein »X« den Punkt, an dem es zu graben galt, zweitens war sie, wie so viele vor ihr, nicht im Besitz einer Schaufel, und drittens hatte ich selbst auch keine Schaufel zur Hand, die ich ihr hätte leihen können.

Immer wieder von vorne. Immer wieder die gleiche Scheiße. Immer wieder und wieder und wieder. Immer wieder war ich Rösner und Degowski in Personalunion – und mein kleines, dummes Herz war die apathisch ins Leere starrende, mit verlaufener Wimperntusche den kalten Stahl der Waffe an ihrer Schläfe spürende Silke Bischoff.

Da sitzen wir drei jetzt also wieder, in unserem vermeintlichen Fluchtwagen, der wie mein Selbstekel nirgendwo hin kann. Ein Fluchtwagen, namens Klara. Ein Fluchtwagen der, wie man den Geschichtsbüchern entnehmen kann, nicht zu einer erfolgreichen Flucht hatte beitragen können – und es auch in meinem Falle nicht tun wird. Wir drei also. Rösner, Degowski, Bischoff und der Fluchtwagen. Umringt von den sich unerklärlicher Weise stets im Recht wähnenden, sensationsgeilen Medienvertretern meiner verwirrten Seele: Meiner Erziehung, meiner Prägung, meiner Erfahrungen und all meiner lächerlichen und doch stets äußerst präsenten Traumata.

Ich kann es nicht verstehen, ich will es nicht wahrhaben und ich glaube, es nicht zulassen zu dürfen. Die Dreifaltigkeit der emotionalen Uneinsichtigkeit. »Und was heißt das jetzt?«, fragt Klara. Sie starrt mit trüben Augen, in denen winzige Nadelstichpupillen flackern, verlorenen Blickes aus dem Fenster und fragt leise und in einem Tonfall, der mich auch ihre Resignation deutlich spüren lässt: »*Wie geht es jetzt weiter?*«

Als wäre ich in der Lage, diese Frage zu beantworten.

Wir sind einfach schon viel zu oft an diesem Punkt gewesen und ich habe schon viel zu oft nicht zugelassen, dass es, dass wir, dass dieses nicht zu definierende Ding, an das wir uns beide aus unerfindlichen Gründen mit aller Verzweiflung klammern, hier und jetzt ein Ende findet. Trotzdem höre ich mich plötzlich etwas sagen, von dem ich weiß, dass ich nicht weiß, ob es stimmt: »Das bedeutet, dass du nichts falsch gemacht hast, nur weil ich es nicht als richtig erachte. Wie immer.« Wir schauen uns einen quälend langen Moment schweigend in die Augen. Schlechter Film. Dramatische Pause. Klassiker. Lächerlich. Schmerzhaft. Episch. Innehalten und gelähmt sein zugleich.

Was ich in Wahrheit mache, ist, nach einer Formulierung zu suchen, die sie zum Nachdenken bringt. Die sie dazu bringt, nicht zu bemerken, dass ich ihr gerade einen Vorwurf mache. Eine Wendung, die letzten Endes vielleicht doch dafür sorgen wird, dass sie ihr Verhalten meinen Bedürfnissen anpasst. Oder die mir zumindest noch einmal etwas Zeit verschafft. Um herauszufinden, was ich wirklich empfinde. Was ich will. Was sie will. Was wir brauchen. Warum ich an all dem festhalte.

Sie bricht den Blickkontakt ab und steht hektisch auf. Ich schaue sie weiter an. Bleibe sitzen. Sie atmet tief aus, dreht sich weg und geht in Richtung Küche. Ich greife wie ferngesteuert mit dem rechten Arm nach dem im Aschenbecher liegenden Joint, zünde ihn an und atmete den süßlichen Rauch tief ein. Unendlich tief. Wissend, dass die

Situation dadurch keinen Mehrwert erfahren wird und meine Zweifel nur wachsen werden. Ganz wie erwartet: Nicht Ruhe kehrt ein, nein, die Hölle klopft an. Und ich öffne. Weil ich das immer tue. »Hallo Hölle!«

Sie kommt zurück und öffnet eine Flasche Wein, ich das Fenster. Sie stellt zwei ungebührlich volle Gläser vor mir ab. Ich stelle mir vor, wie ich sie an die Wand werfe und mir mit den Scherben die Pulsadern öffne. Ich schaue so gequält ich kann und lächele. Falsch. Schief. Fletschend. Mit geröteten Augen.

»Glaubst du, die Drogen und der Alkohol machen es besser?«, fragt sie, obwohl sie meine Antwort kennt. Ebenso wie die Wahrheit. »Besser sicher nicht, aber manchmal einfacher«, erwidere ich. »Einfacher, sich all dem endlich zu stellen«, sage ich, obwohl ich dreierlei weiß: Wir stellen uns nicht uns. Wir stellen uns nicht dem Problem. Wir nehmen Drogen und zappeln. Wie Eimer. Wie rostig blutende Eimer. Und sie weiß das auch. Und das ist das Schlimmste. Dass sie es auch weiß. Und dass sie so viele andere Dinge auch genauso sieht wie ich. Aber leider wirklich nur die Dinge, die niemand sonst so sieht wie ich.

Ich stehe schwerfällig auf, beuge mich ein letztes Mal über die auf dem Tisch verstreuten, unverhältnismäßig großen Vorräte an Kokain, oder Ketamin, oder pulverisierten MDMA – es ist mir gelinde gesagt bereits egal und ich bin auch nicht mehr in der Lage, es zu unterscheiden. Ich habe zu diesem Zeitpunkt keinerlei Fragen mehr. Nur noch

Antworten, die niemand hören will. Was aber auch besser ist. In das Nasenloch, das noch nicht vollkommen verstopft und zugeschwollen ist, lasse ich wandern, was durch das Röhrchen in meiner Hand nach oben will. Mit Erfolg: Ein kurzer, heftiger Stich in der Schläfe und vor meinem inneren Ohr erklingt augenblicklich »Can't Take my Eyes off You« von Frankie Valli. Eine Glitzerfontäne explodiert vor meinen Augen. In meinem Kopf läuft die alte Schmonzette weiter: »Dü düpp, düü düpp, düdeldü, düdel dürüp dürüp düü ... Oh pretty baby, don't bring me down I pray, oh pretty baby ...«

Noch einmal frösteln. Noch einmal Schwindel. Ich richte mich mit Mühe und mit vor Selbstekel verzerrtem Gesicht wieder auf, soweit das geht. Soweit mein Rücken sich gerade machen lässt. Der Glitzer verschwindet wieder. Frankie hört auf zu singen. Die Musik verstummt.

90 Stunden, in denen wir uns auf engstem Raum gestritten, geliebt, gehasst, geküsst, verflucht und in halsbrecherischem Tempo im Kreis gedreht haben, wie auch immer wir es angingen, sind nun vorbei. Es ist vorbei. Wir sind vorbei.

Asche.
Ende.
Fickscheiße.

Ich schließe kurz die Augen, atme ein, öffne sie wieder, atme aus. Ich küsse sie ein letztes Mal sanft auf die Stirn. Ich spüre keine Wut. Ich spüre keine Liebe. Ich spüre überhaupt nichts mehr. Ich nehme meine Zigaretten und meinen Schlüsselbund vom Tisch, löse den Schlüssel zu ihrer Wohnung von dem kleinen Einhorn, das mir als Schlüsselanhänger dient, lege ihn, ohne ihr noch einmal in die Augen zu schauen, vor sie auf den Tisch, bewege mich in Schlangenlinien auf die Wohnungstür zu, öffne sie, schreite hindurch und gehe, ohne ein einziges Mal zurückzuschauen. Es fühlt sich gut an. Es fühlt sich befreiend an. Obwohl ich weiß, dass nichts gut ist und ich nicht von ihr befreit bin – und sie nicht von mir. Und ich weiß. dass die Geschichte wahrscheinlich doch nicht hier und heute geendet ist.

ALLE TAGE SIND GLEICH LANG – ABER UNTERSCHIEDLICH BREIT.

Mag sein, dass ich es noch nicht erwähnt habe: Dieses besagte Treffen mit Lagemann und Hammler ist zum jetzigen Zeitpunkt natürlich längst Geschichte. Geschichte und dadurch, wie sich unschwer herauslesen lässt, auch Teil meiner Geschichte. Und der Stein war somit längst im Rollen befindlich. Seit Monaten rollt er nun bereits, dieser Stein. Nun ja. Eigentlich rollt er überhaupt nicht. Lediglich sprichwörtlich war er ins Rollen geraten. Denn eigentlich liegt er einfach nur da. Mittig auf meiner Brust. Schwer und groß und erdrückend. Sehr schwer und sehr groß und sehr erdrückend. Und so viele Wörter und Anekdoten aus viel schlechteren und sehr viel besseren, aber immerzu und leider auch längst vergangenen Zeiten auch von meinem verbliebenen Restverstand geformt und mittels dieser beiden zittrigen Hände mit den abgekauten Fingernägeln in die sich still, ganz sicher aber unter Schmerzen innerlich windende Tastatur meines Rechners gemeißelt worden waren, er will und will nicht leichter werden, dieser Rolling und doch nicht Rolling Stone – oder gar verschwinden. Die Seiten meines Manuskriptes füllen sich nicht in dem Maße, wie es nötig wäre, um meine beiden Mitstreiter und Rühmann, den legendären Menschenschinder des Verlages, der waghalsig genug gewesen war, sich dieses Projekt ans Bein zu binden, zufriedenzustellen. Zu meiner Verteidigung sei an dieser Stelle noch einmal explizit herausgestellt: Ich bin kein Schriftsteller. Nie gewesen. Werde es nie. Kenne nur ein paar. Eher so *Jungfrau zum Kinde. Blindes Huhn erhält Korn als Geschenk. Bauer sucht Buch*. Sowas in der Art. Ich bin, so langweilig das auch klingen mag, werte Leserschaft, ein einfacher Angestellter. Ich gehe jeden Morgen zur Arbeit in ein Büro und mache diese Kunden-, Kaffee-, Kollegen-, E-Mail-, Post-, Service-, Social-Media-, Logistik-, Retouren-, Microsoft-Excel- und nicht selten auch Telefon-Sache. Zur Erinnerung: Autovermietung. Scheiß Leben. Bürgerlichkeit. Außer nach Feierabend, natürlich. Sprich: Seit ich mit meinem Iron-Maiden-T-Shirt irgendwo in der hessischen Provinz, aus der ich stamme, von meinem Mofa gestiegen bin und im sofortigen Anschluss daran eine Lehre als Kaufmann für Logistik und Speditionswesen gemacht habe, durfte ich während der Woche nicht mehr ausschlafen. Fuck, Mann! Ich hatte 1982 meine letzten großen Ferien! Und sogar diesen letzten freien Sommer vor der Rente habe ich nicht genießen können, weil ich in ein Krankenhaus verbracht wurde, wo man mir stationär den Blinddarm entnommen hat. Das war damals noch so, bei dieser lächerlichen Operation. Aber genug der Mitleidsheischerei und zurück zu den wenigen Tagen, an denen es mir wirklich vergönnt ist, dem Müßiggang zu frönen – oder stattdessen Bücher, oder Teile davon, zu schreiben. Dazu zählen muss ich natürlich die seltenen Wochenenden, die ich seither nicht in meine beeindruckend erfolglosen Bands investiert habe und selbstverständlich auch die stets viel zu knapp bemessenen Urlaubstage, die meine jeweiligen Chefs mir im Laufe meiner »Karriere« so zugestanden haben oder hatten zugestehen müssen, seit Oskar Lafontaine die Gewerkschaften erfunden und George Washington die Erfinder der Sklaverei guillotiniert hatte. Sie sehen: All das schränkt mich zeitlich natürlich ein wenig ein, bei diesem neuerlichen »to do« mit Namen »1/3 Buch of no return«, da ich mich nun leider eben nicht, so wie die beiden werten Kollegen Lagemann und Hammler, also Menschen, die vom Fach sind und somit aktiv der hierzulande ansässigen Schriftsteller-Bohème angehören, sprich bis in den späten Vormittag hinein schlafen und mich anschließend dann einfach mit einer Flasche Rotwein bewaffnet für den Rest des Tages an die Schreibmaschine setzen kann. Fotzen! Pardon. Ich entglitt mir für einen Moment.

Aber ich will nicht unfair sein. Natürlich ist es ganz allein meine Schuld und die meines unbestreitbaren Talents, zu prokrastinieren wie kein Zweiter im Dorfe, dass wir bereits Donnerstag haben – und ich am Freitag dieser Woche nun endgültig mein Manuskript abgeben muss. Aber wie sang die Münchener Freiheit schon so schön: »Ein Jahr ist schnell vorüber ...«. Und wie! Hätte ich wirklich nicht gedacht. Ganz ehrlich? Ich habe ein klein wenig Angst, mich dieses Mal vollkommen übernommen zu haben.

WER SICH VOR DER HÖLLE FÜRCHTET UND GLAUBT, ALLZU UNVORBEREITET ZU SEIN, WENN DER SENSENMANN KOMMT UND ES AN DER ZEIT IST, DORTHIN AUFZUBRECHEN, UM DIE EWIGKEIT DORT ZU ERDULDEN, DEM SEI ZU LEBZEITEN EIN TRAININGSLAGER IN WUPPERTAL ANS HERZ GELEGT.

Klara schlägt mir unvermittelt, dafür kraftvoll mit der flachen Hand ins Gesicht. Sie klatscht beeindruckend laut diese physische Ouvertüre zu folgendem Satz von ihr, der wie das Meiste, was sie ausmacht, nicht sonderlich viel Sinn ergibt: »Und wenn du selber nicht einmal ... Also nur weil deine Mutter gesagt hat ... Also dann kann ich ja wohl so dann auch nicht ... Oder geht es jetzt hier wieder um Geld? Dann zahle ich das eben selber! Oder ich frage jemanden, der das bezahlt! Jemanden, der mich wirklich liebt! Dir ist ja auch einfach alles scheißegal!«

Ihr Gesicht sieht aus, wie eine von Kinderhand gemalte Landkarte von Zamonien. Oder zumindest so, wie ich mir diese vorstelle. »Wir sprechen hier über Hussen«, höre ich mich in maximal resigniertem Tonfall sagen. »Verfickte, saudumme Stuhlhussen«, ergänze ich, ein wenig lauter. »Überzüge! Mann! Gott! Frau! Kind! Ü-BER-ZÜGE!«, schreie ich jetzt, endgültig frei von Beherrschung und vollkommen hysterisch. Ich kannte dieses Wort nicht einmal, ehe ich mich zum ersten Mal und aus den falschen Gründen daran gemacht habe, eine Hochzeit mit jemandem zu planen, mit dem ich das unter keinen Umständen hätte tun sollen: Hussen. Und jetzt höre ich mich selbst, wie ich dieses mir neue, vollkommen unnütze und hochgradig alberne Wort auch noch schreiend und mit in Gänze entgleister Mimik mit einem Adjektiv bedenke. Mehreren Adjektiven sogar. »Das sind scheiß verfickte Überzüge für bekackte Stühle, deine scheiß blöden Hussen!«, schreie ich, und weiter: »Für scheiß Gäste einer kack Veranstaltung, zu der wir beide sie eingeladen haben, weil wir dort zumindest einen beschissenen Tag lang vorgeben wollen, dass wir glücklich miteinander sind und gedenken, es für den Rest unseres Lebens auch verfickt nochmal zu bleiben! Bis dass der scheiß Tod uns scheidet und so! Das weißt du aber schon, oder?!« Sie tritt nach mir. Sie spuckt mich an. Ich reagiere nicht. Dann schreit sie »Vielleicht denkst du auch mal an mich!« Ich laufe kopfschüttelnd, wutentbrannt, verzweifelt und schnellen Schrittes den Flur hinunter, um mich im hinteren Zimmer einzuschließen.

Einsperren.
Zusperren.
Dicht machen.
Weg weg weg.
Nur weg.
Von ihr. Von hier. Von allem.

Von meinen falschen Entscheidungen und Fehleinschätzungen der letzten Monate und Jahre.

»Du kannst mich mal, mit deinen gottverdammten Stuhlhussen! Ich hänge mich jetzt und hier auf, dann hat dieser ganze Zirkus ein für alle Mal ein Ende!«, rufe ich durch die geschlossene Tür, während ich auf die Leiter steige, die seit Horstis und meinem Einzug in die WG inmitten des Zimmers steht, das lediglich als Abstellkammer dient, weil wir in der 130 qm großen Wohnung, nahezu ohne Möbel, ansonsten keinerlei Verwendung dafür haben. »Mach sofort die Tür auf!«, schreit sie und hämmert unverdrossen auf die mich vor ihr schützende Holzplatte ein. »Ich warne dich! MACH DIE TÜR AUF!«, höre ich sie weiter – und stetig schriller – schreien. »Ach ja?! Wovor warnst du mich denn?«, entgegne ich schnippisch und entnervt. »Womit willst du mir denn drohen, du arme Irre?«, plärre ich mit tränennassen Augen durch die geschlossene Tür, während ich mich nach einem Kabel oder ähnlichem umsehe, das ich dazu verwenden kann, mich daran aufzuknüpfen, damit ich nicht weiter mit einer augenscheinlich komplett durchgeknallten Psychopathin, der ich kürzlich aus unerfindlichen Gründen einen Heiratsantrag gemacht habe, über Stuhlhussen und die Gästeliste einer Hochzeit – unserer Hochzeit – diskutieren muss. »Was willst du denn machen? Was willst du mir denn Schlimmes antun? Willst du mich zweimal heiraten, oder was?!« Das wäre wirklich das Einzige, was noch schlimmer wäre, als all das hier. »Verpiss dich endlich! Ich mache nicht auf! Denn falls deinem Gehirn diese Information bis dato noch nicht vorlag: Tote können keine Schlüssel umdrehen, du Geisteskranke! Also bleibt diese Tür folgerichtig zu! Basta!«

Ich höre sie noch ein wenig weiter keifen und irgendwelche weiteren, völlig absurden Vorwürfe brabbeln, während ich mir, nachdem ich in Ermangelung eines geeigneten Henkerstricks wieder von der Leiter herabgestiegen bin, jetzt auf der Fensterbank sitzend eine Zigarette aus gefühlt hundert Jahre altem Tabak drehe, den ich in einer der halb ausgepackten Umzugskisten finde, die noch immer überall herumstehen.

Ich bemerke plötzlich, dass es auf seltsam angenehme Art nach Pfefferminze und Vanille duftet, in diesem Raum, in dem ich mich vor dieser Xanthippe verschanzt habe. Ich atme tief ein und konzentriere mich auf den Geruch um mich herum. Immerhin ist meine Nase noch in der Lage, so etwas wie Harmonie wahrzunehmen, denke ich mir. Wenngleich auch nur eine olfaktorische Version dieses Begriffs. Denn innerhalb dieser Beziehung hatte es so etwas eigentlich noch nie gegeben, wenn ich ehrlich bin. Harmonie. Harmonie? Nein. Mit Harmonie hatte diese Beziehung in Wahrheit niemals etwas zu tun gehabt. In einer der umherstehenden Kisten müssen noch nicht ausgepackte Küchenutensilien ihr unausgepacktes und unbeachtetes Dasein inmitten des Tohuwabohus unser beider Gefühle fristen. Irgendwelche Tees sind das, die da so riechen … Tees oder Gewürze. Denke ich mir und versuche mich darauf zu konzentrieren. Versuche, nicht an sie zu denken. Versuche, nicht darüber nachzudenken, was dereinst meine Beweggründe waren. Was mich dazu gezwungen hat zu tun, was ich getan habe. Warum ich mich dazu gezwungen oder mich irgendwann dazu durchgerungen habe. Warum ich dachte, es sei eine gute Idee, ihr einen Heiratsantrag zu machen. Bei Licht betrachtet ein vollkommen absurder Gedanke. Will, dass diese Düfte, dass alter Tee in schmutzigen Kisten meine ziellos in alle Richtung springenden Gedanken und meinen Hass, meine Hilflosigkeit und meine Ängste überduften. Doch ich komme nicht weit mit meinem kleinen gedanklichen Fluchtversuch. Mit meiner Flucht aus der Hölle, die seit Wochen und Monaten meinen Alltag bestimmt. Der Geschichte zweier Vögel, die nicht fliegen können – und unter ihnen die Katzen. Der Abgrund. Irgendwo weit dahinter: das Leben, wie es sein sollte. Hier: nichts mehr. Nur noch Hass. Nur noch Fragen. Und Scham.

Ein gewaltiges Poltern auf der anderen Seite der Tür reist mich jäh aus meinen hilflosen, konfusen und penetrant nach Vanille duftenden Gedanken, die sich um mein Leben, Minze, Küchen- und Wohnaccessoires im Allgemeinen drehen und sich natürlich nicht lange gegen das Kratzen und Beißen – und jetzt auch noch besagtes lautes Poltern – meiner aktuellen Realität behaupten können. Ich werfe die erst halb gerauchte Zigarette in die Ecke und trete meinerseits von innen gegen die noch immer verschlossene Tür. »HÖR JETZT AUF!«, schreie ich. »Gib endlich Ruhe!« Und weiter: »Hau einfach ab!« Ja, genau. Das muss sie doch verstehen. Das ist doch ein Wunsch, ein Befehl, eine Anweisung, der nahezu beeindruckend verständlich in seiner Einfachheit ist. Dem so einfach Folge zu leisten ist, dass sogar sie das schaffen könnte. »Hau verdammt nochmal ab! Geh einfach weg! Verpiss dich aus meinem Leben – und komm nie nie nie wieder!«, schippe ich es noch einmal beherzt in den Hochofen meiner emotionalen Zerrissenheit. Scheinbar mit Erfolg. Eine Zeit lang ist es verdächtig still auf der anderen Seite. Dann vernehme ich ein leises Schluchzen, das fast so verzweifelt klingt, wie ich selbst mich gerade fühle. Dann nehme ich auf einmal noch einen weiteren Geruch wahr: Erdbeeren. Er riecht nach frisch gepflückten Erdbeeren. Sicher ein künstliches Aroma, das durch eine der zahllosen Kisten diffundiert … Ich bilde mir dennoch einen Moment lang ein, dass ich sowohl das Grün, als auch das Rot riechen kann. Ganz differenziert. Beides scheint mir ganz und gar eigenständig. Und doch, als existiere beides ganz friedlich nebeneinander, gehöre irgendwie zusammen – oder störe einander wenigstens nicht im Geringsten. Als stünde ich inmitten eines grün/roten Feldes voller reifer Erdbeeren zu Beginn eines wundervollen Sommers. Dabei ist es Herbst. Draußen – vor allem aber in mir selbst.

SCHLIESS BITTE DAS FENSTER, WENN DU WIRKLICH SPRINGST. ICH WILL NICHT AUCH NOCH FRIEREN MÜSSEN, WENN ICH DICH SCHON VERLOREN HABE.

Lagemann ist stinksauer. Hammler ist stinksauer. Rühmann springt messerwetzend im Dreieck. Die Deadline ist überschritten, der Veröffentlichungstermin, den wir zuvor zusammen ausbaldowert haben, kann nicht eingehalten werden. Mir fallen die ersten Zähne aus, weil ich an Skorbut erkrankt bin. Mir fallen die Haare kreisrund aus, weil der Stress, den mir dieses vermaledeite Buch im Nacken innerlich zufügt, nicht mehr länger zu ertragen ist, und die ersten meiner Freunde haben sich bereits von mir abgewandt, weil ich nur noch gereizt und aggressiv bin, keine Zeit mehr für sie finde, Schulden bei ihnen mache, um mir Drogen zu besorgen, die mir helfen sollen, doch noch dieses Buch zu beenden. Und weil ich sie anlüge, wann immer es um die Schulden oder um die Drogen oder um das Buch geht. Es ist ein Teufelskreis. Ein Teufelskreis aus Halbsätzen, Buchstaben, Drogen, einer Beziehung, die keine ist und dann doch wieder wie eine aussieht.

Ich bin am Ende. Klara hat sich seit Wochen nicht mehr gemeldet, oder auf meine unzähligen E-Mails, SMS und Briefe geantwortet. Ich bin mir nicht mehr sicher, ob ich nicht einfach aufgeben sollte. Was sie angeht. Was das Buch angeht. Was mich angeht. Horsti macht sich Sorgen, aber er ist ja genau so ein Opfer wie ich, nur eben mit anderen Problemen. Von den Drogen, die wir meist gemeinsam angeschafft und konsumiert haben, einmal abgesehen.

Wir sitzen in der Küche zusammen und haben für unser Dafürhalten eine unfassbare Menge Kokain erstanden. 200 Gramm reinstes, feinstes Kokain. Wir haben es noch nicht bezahlt und wissen auch nicht, ob wir es jemals würden bezahlen können, doch das ist uns in diesem Augenblick egal. Mir zumindest. Noch eine Line. Noch eine Line. Es ist mir egal. Noch eine Line für ihn. Noch eine Line für mich. Total egal. Denn ich bin mir sicher, dass ich es mit diesem von Gott gesandten Haufen weißen Pulvers schaffen kann. Ich bin mir sicher. So unfassbar sicher. Noch eine Line. Horsti eine Line. Ich eine Line. Und noch eine Line. Ich bin mir so sicher, wie ich es selten gewesen bin in den letzten Wochen. Noch eine Line. Und noch eine für Horsti. Endlos sicher. Sicher. Sicher. Sicher. Ich ziehe mir die Nase hoch, laut, ausgiebig. Ich bin mir sicher. Sicher. Sicher. Ich grinse Horsti an und sage: *»Ich schaffe das, Alter.«*

EIN FILM, IN DEM DU BRAD PITT SPIELST, WIE ER DICH SPIELT, WIE DU IN EINEM PLATTEN-LADEN ARBEITEST UND ANSTATT EIN DREHBUCH ZU SCHREIBEN, ANDAUERND PENISSE IN EIN PINKFARBENES NOTIZBUCH MALST, WEIL ALLES SCHEISSE IST, WEIL ES IN WAHRHEIT ÜBERHAUPT KEINE EINHÖRNER GIBT.

»Sie liegt auf dem Rücken in ihrem Bett und verzieht ungläubig das Gesicht, als hätte die Stimme im Radio gerade gesagt, dass Elvis und Hitler zurück sind. Gelandet. In der Nähe von Duisburg. Mit einem Raumschiff, das komplett aus Lebkuchen besteht. Es ist so ein ... Na ja, so ein ultimatives Gesicht eben. Verstehste? Hast du es? Siehst du es vor dir? Also das Gefühl, dass es genau ausdrücken soll, kann ich dir jetzt auch nicht benennen. Aber stell sie dir einfach vor, wie sie es sich vorstellt. Und dann, wie sie sich vorstellt, dass beide auch noch nackt sind. Alter! Lebkuchen-Ufo, der King, der scheiß Führer, Alter! Verstehst du? Stell es dir vor! Hitler und Presley steigen aus, reißen sich gegenseitig die Klamotten vom Leib, schmieren sich gegenseitig mit Senf ein und pfeifen dabei bolivianische Volksweisen. Mega mega balla balla! Völlig Verstörend! Maximal unnormal! Du weißt, was ich meine? Ja? Dieses Gesicht, Alter! Voll das abgefuckte Abfuck-Gesicht muss die machen! Und es geht noch weiter. Jetzt pass auf: Direkt neben ihr im Bett liegen drei tote Hasen. Ja Mann! Scheiß Hasen! Tote, schwarze Hasen. Die stecken wir vorher in bunte Babystrampler. Diese gestrickten, altmodischen Strampler. Und alle drei schauen sie direkt an. Die Hasen schauen sie an, Junge! Geil, oder?« Horsti kichert wie jemand, der gerade von einer auf die andere Sekunde komplett den Verstand verloren hat. »Mit leeren, trüben Augen schauen sie sie an. Glasig. Tot. Tote Hasen mit toten Augen in Babyklamotten! Mooaahh-hahaha!« Sein Kichern wird lauter. Unheimlicher. Er kichert jetzt, wie ein echter Psychopath kichert. Zumindest so, wie ich mir das immer vorgestellt habe. Er kichert so sehr und freut sich über die hirnrissige Scheiße, die er mir erzählt, dass er sich mit dem Handrücken die Spucke vor dem Mund abwischen muss. Ich befürchte dennoch, dass er sich gerade erst warmläuft. »Schocker, Digger, oder?!«, fragt er mich wieder und starrt mich mit irrem Blick an, weiterhin unablässig sabbernd kichernd und sich dabei mit der flachen Hand selbst auf die Brust klopfend, als wolle er sich selbst bestätigen.

Ich seufze, nicke und male einen kleinen Penis mit Hasenohren an den Rand meines kleinen, pinkfarbenen Notizbuchs, in dem ich bei diesen Brainstorm-Sessions mit Horsti ursprünglich immer die vermeintlich brauchbaren Ideen niederschreiben wollte. Ideen für unser Drehbuch, das wir schon so lange planen, wann immer wir betrunken, überfressen, auf Crack, bekifft, zugekokst oder bei Kaffee und Kuchen in der Küche unserer Wohngemeinschaft zusammen saßen. Ich hatte es extra zu diesem Zweck gekauft. Ich erinnere mich, dass ich euphorisch und voller Tatendrang nach einer durchzechten Nacht mit Horsti aufwachte und sofort losgelaufen bin, um es zu kaufen. Ich bin schnurstracks in einen kleinen Schreibwarenladen in der Wuppertaler Innenstadt marschiert und habe der steinalten Vettel hinter der Theke beim Betreten des moderig riechenden Ladens bester Laune zugerufen: »Halli, hallo, hallöchen! Sagen Sie, junge Dame, führen Sie No-ho-tizbücher? Sollte dem so sein, so würde ich gerne ein pinkfarbenes Exemplar erstehen. Ich gedenke nämlich, mit einem guten Freund zusammen ein Drehbuch zu schreiben, müssen sie wissen!« Also, was heißt gerufen ... Ich bin mir nicht mehr ganz sicher, aber ich glaube, ich sang all diese Worte beim Betreten des Ladens. Denn irgendwas, das wir in der vergangenen Nacht eingenommen hatten, hatte mein Körper nicht abbauen können, ehe ich mich leichtsinnig hinaus in die Realität eines Werktages begeben hatte, um (ohne das selbst auch nur im Geringsten seltsam zu finden) ein pinkfarbenes Notizbuch zu erstehen. Singend. »Das Drehbuch zu einer Serie, über einen Plattenladen. Einen Schallplattenladen! Ein Plattenladen, mit all seinen Freaks und Nerds und Geeks und Heinis, mit verrückten Mitarbeitern und durchgeknallten Stammkunden, mit absurden Kundenwünschen, allen möglichen zwischenmenschlichen Verstrickungen, allerlei krassen Situationen jedweder Art und natürlich mit richtig viel guter Musik, die jede Szene nochmals unterstreicht und perfekt dazu passt und jedes Bild in jeder Szene noch einmal akustisch unterstützt und das Feeling verstärkt, so richtig krass vielschichtig und crazy und verrückt, verstehen sie?!«

Sie verstand nicht im Geringsten. Das wunderte mich jetzt nicht sonderlich, da mir zuvor bereits aufgefallen war, dass Menschen, die nicht permanent und in gleichem Maße wie Horsti und ich unter dem Einfluss von Rauschgift, Industriezucker, Alkohol und einer Vielzahl von Chemikalien standen, sich gelegentlich damit schwer taten, einen wolkenlosen Blick auf den Kern unseres jeweiligen Begehrens zu werfen. Sprich: Unseren wirren und meist realitätsfernen Ausführungen folgen zu können. Ja, ich erinnere mich rückblickend sogar, dass die gut und gerne achtzig Jahre alte, höchstwahrscheinlich aus einer alteingesessenen, freudlosen Calvinistensippe aus dem Bergischen Land stammende Dame mich daraufhin ähnlich besorgt und angewidert zugleich angesehen hatte, wie ich Horsti nun ansah, während er sabbernd und auf einer mir nicht bekannten Menge einer mir nicht bekannten Droge vor mir stand und mir kichernd versuchte, diese just von ihm, oder vielleicht auch von den Stimmen in seinem Kopf ersonnene Szene so blumig er nur eben konnte, zu schildern.

Ich habe schon sehr oft Penisse in dieses kleine Notizbuch gemalt, müssen sie wissen. Ich malte große Penisse, ich malte kleine Penisse. Ich malte dicke und dünne Penisse. Penis im Raumschiff. Penis am Strand. Eiffelturm in

Penisform. Schiff in Penisform. Penis mit Hitlerbärtchen. Schlaffer Penis mit Hakenkreuzarmbinde neben steifem Penis mit Antifa-Logo-T-Shirt. Penis mit kleinen Blumen drauf – und einmal sogar einen Penis, der aussah wie Edmund Stoiber. Bahnbrechende Ideen für Szenen, die wir unbedingt in unserem Drehbuch für den Pilotfilm hätten unterbringen müssen, eher nicht.

»Geht noch weiter!«, ruft Horsti mit ungebremstem Enthusiasmus und reißt mich jäh aus meinen Gedanken. »Jetzt pass auf: Sie nimmt dieses überaus bizarre Detail mit den Hasen zwar wahr, doch es interessiert sie scheinbar nicht im Geringsten! Abgefahren, oder? Oder?! Ja Mann! Sie reibt sich bloß mit dem rechten Handrücken den Schlaf aus den Augen und setzt sich dabei langsam auf. Easy. Als wäre nichts passiert. Dann schwingt sie mit einer sehr theatralisch und gleichzeitig artistischen Bewegung ihre Beine aus dem Bettchen – und jetzt, Alter, jetzt kommt es, Mann!«

Ich habe befürchtet, dass das noch nicht alles ist. Hasen hin, Strampler her – dafür hat er in den letzten Wochen zu viele verschiedene Drogen genommen, Set und Setting zu oft in sträflicher Art und Weise vernachlässigt und sich darüber hinaus auch noch viel zu wenig Schlaf gegönnt. »Während sie sich also aus der Koje schwingt, sieht sie aus den Augenwinkeln einen absurd großen Becher, bis obenhin voll mit einer gruselig blubbernden, grünen Flüssigkeit auf dem Nachttisch stehen!« Sein Kichern ähnelt an diesem Punkt eher einem Gurgeln, ja, fast klingt er, als würde er ersticken. Ich denke, ich lasse ihn einweisen. Gleich morgen früh. War sowieso eine blöde Idee, dieses Drehbuch. Er packt mich am Kragen und schreit mir manisch ins Gesicht: »Bist du bei mir, Mann?! Hörst du mir zu, Alter? Pass auf, das ist der Shit! DER SHIT!«, fährt er, immer lauter werdend, immer mehr weißen Schaum absondernd, unbeirrbar fort. »ALTER, verstehste?«

Ich verstehe nicht. Nicht, wie sich ein vermeintlich gesundes, menschliches Gehirn solch eine hirnverbrannte Absurdität ausdenken kann, und noch weniger, welche Erwartungen in diesem Augenblick hinter seinem forschenden, vollkommen irren Blick stecken, mit dem er mich fixiert, während ich mich bemühe, möglichst unbeeindruckt zu wirken, während ich einen Penis mit einem Sub-Pop-T-Shirt und einem Flanell-Hemd zeichne, unter den ich »Touch me I'm dick!« schreibe. Ich hoffe, dass er einfach gleich wieder zu sich kommt, mich fragt, wo er ist und wie er heißt, und der ganze Spuk ein Ende hat. Pustekuchen. Unbeeindruckt von meinem offensichtlichen, völligen Desinteresse an seinen Ausführungen bei gleichzeitiger maximaler Sorge um seinen Zustand fährt er fort: »Dann steht sie auf und ruft unvermittelt und hysterisch ›Fick mich in XXL, Amerika, du Sau unter den Perlen!‹, dann greift sie sich den Eimer mit der geheimnisvollen Plörre und führt ihn langsam und ehrfürchtig an ihren Mund.« An diesem Punkt muss ich unfreiwillig lachen und an die Badezimmer-Szene aus Hunter

S. Thompsons »Fear and Loathing in Las Vegas« denken. Ich muss unfreiwillig lachen, obwohl ich mir mittlerweile wirklich ernsthafte Sorgen um Horstis Geisteszustand mache. »One toke over the line, sweet Jesus!«, flüstere ich ihm zu. Er stutzt kurz, aber hebt sofort wieder an: »Ja, Mann! Genau, Mann! ›White Rabbit‹, Mann! Du hast es! Krass, oder? Die Leute werden es lieben! Pass auf, wird noch besser …« Noch besser. Heiland. Ich bin nicht sicher, ob ich bereit bin für »noch besser«. »Und dann, dann fängt sie an zu trinken. Alter. Sie trinkt es! Das blubbernde Zeug!« Ich kapituliere endgültig. Ich weiß, was er will. Ich weiß, was er meint. Auch wenn ich nicht weiß, was und wie viel davon ihn dazu gebracht hat. Ich schaue ihn an und will ihm sagen, dass er den Schuss verpasst hat.

Will »Cookoo-Cachu!« rufen, unser geheimes Zeichen, unser »Save Word«, das wir uns ausgedacht haben für den Fall, wenn wir mal wieder im Club oder in der Disco oder auf einem Konzert stehen und einer von uns beiden so viel drin hat, dass die Außenwelt ihn nicht mehr begreifen kann oder will und kurz davor ist, die Bullen oder den Krankenwagen oder Schlimmeres zu rufen. Doch er redet einfach weiter. Mit hochrotem Kopf fährt er fort: »So richtig heftig. Boah. Alter. Heeeeeftig! Sie schluckt und schmatzt und schluckt, nimmt immer größere Schlucke, Alter, und die Sille läuft ihr links und rechts aus den Mundwinkeln, Mann, aber sie hört nicht auf. Hört nicht auf, bis der ganze scheiß Eimer leer ist, Mann. Diggi. JA, bis er leer ist, Mann.

Ja. Und dann stellt sie den überdimensionalen Eimer wieder hin und dreht sich langsam in die Kamera. Und dann zoomen wir ran. Wir zoomen voll auf ihr Gesicht. Großaufnahme. Ihre Fresse ist komplett eingekleistert mit dem ekligen Zeug, Alter. Und was macht sie? Na?«, fragt er mich mit leuchtenden Augen, wild vor meinem Gesicht gestikulierend und ich habe einen Moment lang wirklich Angst, dass ich meinen besten Freund verlieren werde. Dass sie ihn irgendwo einsperren und den Schlüssel wegwerfen, wenn sie hier von Wind bekommen. Dass er dort auf einer Liege fixiert und mit Downern und Psychopharmaka vollgepumpt liegen wird. Er fährt fort: »Mit dem rechten Unterarm wischt sie sich dann notdürftig das glibberige Restgrün aus dem Gesicht, grinst so breit es irgend geht und sagt dann mit sachlich klingender Stimme: ›All die Wunder in den Kellern der finstersten menschlichen Abgründe dieser Welt, all die toten Hasen, all das Licht, das keines ist, all die möglichen Perversionen, die ein Leben in den Grenzen des demokratischen Rechtsstaates ihnen nicht ermöglichen kann, all die Freiheit der Künste, die Wunden und die Schläge im Inneren und obendrein den khakifarbenen Schmerz einer jeden jungen Mutter – all das können sie auch in sich selbst finden. Sie müssen nur tief genug in den Gletscherspalten der kalten Montage ihrer verlorenen Seele danach suchen!‹« Oder optional eine ausreichende Menge Lysergsäurediethylamid zu sich nehmen, denke ich mir und schüttele hilflos den Kopf. »Dann folgt eine Regieklappe«, führt er unerbittlich weiter aus, »auf der mit Kreide ›Merkel, Money, Misery – Take 27‹ geschrieben steht und dann ruft ihr eine schnarrende Wochenschau-Stimme aus dem Off zu: ›Frau Bundesschwanzlerin, das war phänomenal, epochal und krass! Das wird das Land verändern und die Menschen einen. Im Wald und auf der Heide!‹. Dann füllt sich ohne Vorwarnung alles mit toxisch anmutendem, gelblichem Rauch und in dem Moment, in dem nichts mehr von der ganzen Szenerie zu sehen ist …« Er endet abrupt mit seiner wahnwitzigen Geschichte. Er lächelt zufrieden und schaut mich an. Ich ziehe die Schultern hoch, schaue ihn wiederum an, als hätte er Soße an der Backe. Fragend. Mein Qué pasa?-Gesicht. »Was hat das alles bitte mit einem Plattenladen zu tun, du Freak?«, platzt es aus mir heraus. »Was zur Hölle hat deine dadaistische Drogenscheiße, deine bekackten ›Lost Highway‹-Fantasien und der Schaden, den du augenscheinlich genommen hast, als du dir zum dreihundertsten Mal ›Twin Peaks‹ angeschaut hast, mit unserem Plattenladen in Wuppertal zu tun? Mit unserem Drehbuch? MIT UNS?!«

Meine Nüstern beben. Ich habe das Gefühl, ihm einfach mal kurz in die Fresse treten zu müssen, damit er merkt, wie abgefuckt ich von ihm und dem Grad des Schadens, den sein Gehirn in den letzten Jahren klar erkennbar genommen haben muss, eigentlich bin. »Was ist denn mit dir nicht in Ordnung?«, fragt er vollkommen verständnislos. »Das war doch nur ein Traum!« Frage ich verdutzt zurück:

»Was für ein Traum denn?« »Na, Remmler ist eingepennt! Er war saufen oder sowas und ist deswegen mittags eingepennt. Im Plattenladen.« Remmler ist der Hauptdarsteller unserer Serie. Der John Cusack von Wuppertal quasi. Sein Name ist ein Kniefall vor der Band Trio, die Horsti und ich sehr schätzen und deren Sänger diesen Namen trägt. Oder besser trug. Ich kapiere gar nichts mehr. Horsti setzt wieder an: »Jedenfalls folgt ein harter Schnitt, zurück im Shop. Da sieht man dann Remmler wieder im Plattenladen hinter der Theke sitzen, wie er, das Gesicht gerade noch im Tiefschlaf an die Tastatur seines Computers schmiegend, aus dem Schlaf hochschreckt und sich total desorientiert und angewidert umschaut. Der muss glotzen, als hätte die Jungfrau Maria ihm gerade gesagt, dass sie seinen Schwanz gerne mal in sich drin hätte. An Weihnachten, Alter! Denn die Mimik ist das wichtigste in der Szene, Alter! Die muss dann natürlich auch jemandem entsprechen, der gerade eben diesen absurden Traum hatte. Das wird richtig geil, Alter. Kannst du das visualisieren? Verstehst du, was ich meine? Ich meine, wenn Ralf Richter oder Günther Jauch oder so jemand, bei dem ein Schnurrbart, ein Slime-T-Shirt oder Westernstiefel und Stretch-Jeans ganz natürlich aussehen, wenn so jemand am Ende dann den Remmler spielt, Diggi, dann fange ich an zu weinen vor Glück, wenn wir das endlich drehen! Und den Traum, den der Richter, oder der Jauch, also der Remmler, also der Plattenladenheini da in der Szene dann hat, den drehen wir einfach bei dir zu

Hause im Schlafzimmer!« Der Typ hat doch nicht mehr alle Messer in der Schublade. »Klara und ich verstehen uns gerade nicht so besonders ...«, druckse ich rum. »Ich will nicht darüber sprechen. Es deprimiert mich. Ich komme gerade auch echt nicht klar, Alter«, sage ich zu ihm. »Aber die hat halt schon so einen Blick, irgendwie. Und nicht mehr alle Latten am Zaun. Also ich meine, das bekommt die easy hin. Das Irre und die Eimersauferei und das alles!« Er schnallt es nicht. Ich werde wütend und merke, dass ich gleich anfangen werde zu heulen. »Vergiss es einfach, du beschissener Schwachsinniger! Hörst du mir nicht zu? Wir sehen uns nicht im Moment, Klara und ich. Wir können nicht miteinander. Wir können das nicht. Ich kann das nicht! Nicht mehr! Nie wieder! Und jetzt lass mich bitte einfach mit dieser ganzen Scheiße in Ruhe, du bekackter Irrer!«

Horsti weicht mit einem Mal alle Farbe aus dem Gesicht und er sackt in sich zusammen. Ich kann ihn gerade noch auffangen, damit er nicht mit dem Kopf auf dem Küchentisch aufschlägt und lege ihn so gut es geht in die stabile Seitenlage. Also doch. Drogen. Irgendwelche beschissenen Drogen. Er erbricht sich mehrfach. Erst etwas blaues, flüssiges. Dann ein bisschen roten Schleim. Dann eine undefinierbare, übelriechende, dickflüssige grüne Masse. Dann noch mal. Gelblich, fast transparent. Er reißt mit einem Mal die Augen auf, schaut mich durchdringend an, fängt an zu lächeln, hört auf zu lächeln, schließt die Augen wieder – und fängt im gleichen Augenblick an, zu schnarchen.

Es klingelt an der Tür. Ich spare mir eine weitere Überprüfung, ob ein Puls vorhanden ist, da ich mir sicher bin, dass Schnarchen immer auch eine Folge von Atmen ist und Atmen wiederum meist nur möglich, wenn das Herz noch schlägt. Ich habe Kopfschmerzen. Furchtbare Kopfschmerzen. Ich öffne die Tür. Es ist Klara.

Sie schaut mich mit ihren großen, bernsteinfarbenen und völlig verheulten Augen an, sagt kein Wort, wirft einen kurzen Blick auf Horsti, der immer noch schnarchend und röchelnd in einer beeindruckend großen Lache Regenbogenkotze liegt, lässt eine Pappkiste direkt vor meine Füße fallen, dreht sich um und geht, ohne mich eines weiteren Blickes zu würdigen. Die Kiste ist voll mit Dingen, die ich ihr in den letzten zwei Jahren geschenkt habe. Dinge, die uns verbunden haben. Dachte ich zumindest. Jedes noch so kleine Mitbringsel, jede Postkarte, jede LP, jedes Kleidungsstück, das ich ihr geliehen, gekauft oder zum Geburtstag geschenkt habe, jeder Brief, alles an Schmuck, jeder Schoko-Osterhase und sogar die kleine, unscheinbare, mit Strass besetzte Glas-Pfeife, die ich irgendwann bei ihr vergessen hatte, nachdem wir uns gestritten hatten, weil ich mir Sorgen um sie machte, wegen den Drogen und dem ganzen Scheiß, während sie sich Sorgen um mich machte, wegen den Drogen und dem ganzen Scheiß. Und mit der sie seitdem immer heimlich ihr Crack auf ihrem Dachboden geraucht hatte und von der ich dachte, dass sie denkt, dass ich nicht weiß, dass sie sie noch immer hat und wozu sie sie täglich benutzt, obwohl ich wusste, dass sie sie noch hat und sie täglich benutzt und sie wahrscheinlich auch wusste, dass ich es weiß, was ich jetzt mit Sicherheit weiß, weil ich weiß, dass in dieser Kiste da vor meinen Füßen nur Dinge zu sehen sind, von denen ich weiß, dass sie sie besitzt und dass sie sie liebt.

Nein. Dass sie sie besaß und dass sie sie liebte. Bis jetzt, in diesem Moment.

Sie dreht sich auf dem Treppenabsatz noch einmal zu mir um, schaut in Horstis Richtung, schaut zu mir und fragt »Ist er tot?« Ich zucke mit den Schultern und sage »Schon mal einen Toten dreifarbig kotzen sehen?« Sie lacht. Sie lacht noch einmal ihr wunderschönes Lachen für mich. Es endet abrupt. Sie schaut mir ein allerletztes Mal in die Augen und sagt: »Vielleicht verwandelt er sich ja in ein Einhorn. Die kotzen doch auch in Regenbogenfarben, oder?« Tränen laufen mir in Sturzbächen über mein Gesicht. Ich schlucke noch einmal und sage »Ja. Das wäre schön, oder?« Sie lächelt. Sie nickt. Und sie geht.

ALLES HAT EIN ENDE, NUR DIE WURST HAT ZWEI

Der Polizist, der uns in unserer WG vorfindet, nachdem er mit seinen Kollegen von der Wuppertaler Polizei und den Herren vom Landeskriminalamt Nordrhein-Westfalen die Tür aufgebrochen hat, muss sich augenblicklich übergeben. Der Geruch ist bestialisch. Kaum verwunderlich, da es Winter ist und Horsti und ich immer ordentlich heizen, da Junkies nun einmal oft ausgemergelte Personen sind, die schnell frieren, wenn sie nicht in warme Mäntel aus Wirkstoff gewickelt sind. Wir waren jetzt schon seit einigen Tagen tot. Der Verwesungsgeruch in der locker 28 Grad warmen Wohnung war nicht auszuhalten. »Verdammte Arschlöcher«, meint einer der Polizisten, der im Türrahmen steht und sich ein Taschentuch vors Gesicht presst. »An uns denken die nicht, wenn sie ihre beschissenen, kleinen Leben an die Wand fahren, mit Drogen rummachen, die falschen Leute zu bescheißen versuchen und zuvor nochmal die Heizung bis hintenhin aufdrehen!« Nein. An ihn hatte ich wirklich nicht gedacht, in all der Zeit. Bei allem, was ich getan habe. Und ich habe wirklich viel nachgedacht. Viel getan. Und scheinbar ausreichend geheizt.

Zuerst hatten sie Horsti erwischt. Sie kamen eines Abends zu uns. Es waren zwei Albaner. Wir hatten das Kokain nicht bezahlen können und uns bei den falschen Leuten Geld geliehen, das wir noch am selben Abend von noch falscheren Leuten wieder abgenommen bekommen hatten. Wir hatten gehofft, irgendwie aus der Nummer rauszukommen – wir waren permanent hart zugekokst und dachten daher: Irgendwie ist das zu schaffen. Ein Irrglaube.

Ein Schuss in den Kopf, einer in die Brust. Bei uns beiden. Aus die Maus.

Einer der Polizisten schaut sich angewidert in der Küche um. Er greift sich einen Stapel Papier vom Küchentisch und betrachtet ihn. Ein Kollege kommt herein und zeigt mit dem Finger auf das Deckblatt, auf dem in Großbuchstaben »KLARA« steht. »So heißt meine Tochter«, sagt er lächelnd zu ihm. »Schöner Name«, antwortet der andere, »pass bloß auf, dass die nicht an solche Typen gerät, wenn sie in das Alter kommt.«

JAN OFF IM VENTIL VERLAG

Happy Endstadium
Roman

Fünf junge Weltverbesserer machen sich auf den Weg, den ewigen Unsicherheitsfaktor Mensch ein für alle Mal auszuschalten.

Vorkriegsjugend
Roman

Jan Offs Meilenstein der Punkliteratur. Goldene Tage waren das, als gefärbte Haare und zerrissene Klamotten in der Straßenbahn noch echte Empörung auszulösen vermochten …

Vorkriegsjugend.
Im Schatten der Chaostage

Nur als Hörbuch, nur auf Vinyl-LP! Die Fortsetzung des Romans »Vorkriegsjugend«

Ausschuss
Roman

Ein beinamputierter Drogenhändler mit Drang zum Vorruhestand, ein Jungspund mit Hang zu groben Frauen, eine Amazone mit Kopfnussqualitäten – Jan Off lässt zum bizarren Überlebenstraining antreten.

Offenbarungseid
Rare Altlasten
aus dem Off

Kostbarkeiten aus der frühen Hochzeit des Social Beat, Underground-Literatur aus einer fernen Epoche, als Autoren ihre Texte noch mit bellender Stimme vor rauchendem Publikum vortrugen.

Angsterhaltende Maßnahmen
Homestories

Geschichten vom Rand der Gesellschaft. Normal gibt es nicht, gestört ist hier jeder.

ventil